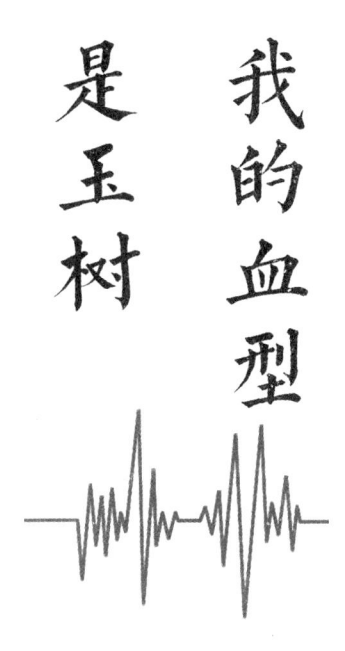

冯光辉 著

我的血型是玉树

中国书籍出版社
China Book Press

图书在版编目（CIP）数据

我的血型是玉树 / 冯光辉著 .— 北京：中国书籍出版社 , 2019.10

ISBN 978-7-5068-7483-0

Ⅰ . ①我… Ⅱ . ①冯… Ⅲ . ①散文集－中国－当代 Ⅳ . ① I267

中国版本图书馆 CIP 数据核字（2019）第 234286 号

我的血型是玉树

冯光辉　著

图书策划	成晓春　崔付建
责任编辑	武　斌
责任印制	孙马飞　马　芝
出版发行	中国书籍出版社
地　　址	北京市丰台区三路居路 97 号（邮编：100073）
电　　话	（010）52257143（总编室）　（010）52257140（发行部）
电子邮箱	eo@chinabp.com.cn
经　　销	全国新华书店
印　　刷	三河市华东印刷有限公司
开　　本	650 毫米 ×940 毫米　1/16
字　　数	175 千字
印　　张	12.75
版　　次	2019 年 10 月第 1 版　2020 年 1 月第 1 次印刷
书　　号	ISBN 978-7-5068-7483-0
定　　价	55.00 元

版权所有　翻印必究

目录

大地清朗日

从乌鞘岭向西 / 002

布达拉 / 005

跪对黄河源 / 009

牧区遇狗 / 013

怀念昆仑 / 015

一只陶埙 / 017

隔壁村庄 / 020

水西：咆哮激越太平鼓 / 023

漂亮溧阳 / 026

上沛老人 / 029

桃树界 / 032

屺亭桥畔的小屋 / 036

人间情怀暖

我的血型是玉树 / 040

白兰花嫂 / 043

窗外一张长条凳 / 046

冬天：许下心心相印的诺言 / 049

醉倒的姿势是他生活的一部分 / 052

警徽下的弱梅岁岁开 / 056

驹井达二 / 062

台湾岛上一滴运河水 / 065

唐山大妈 / 069

我想去喜马拉雅我想去冈底斯 / 072

悄坐善卷洞我思想一个人 / 077

张枣的苏州评弹 / 087

走在里下河的路上 / 090

醉　酒 / 093

走到窗边看

南大街上的一根扁担 / 098

夏天拍蚊子 / 101

诗人马某的一次少年激情　/　104

归来者：不是时代的图式解说员　/　107

关于《最后的蚁王》的几句后话　/　113

能在青藏高原写诗真是幸运　/　121

诗人说话　/　128

梅溪河边一枝梅　/　136

去往大别山的路上怀想一个别样的人　/　141

与泥土的喋血之恋　/　145

喧嚣现实中有个诗歌情怀的人　/　148

诗人宝光　/　152

血脉里固有的文学欲望　/　155

一个从文学发轫的人　/　158

来自陶都的沉思与激情　/　162

忧伤彼岸家　/　166

在伊村读书　/　171

刻刀下的绽放　/　178

大地清朗日

从乌鞘岭向西

当我以军人的姿态立于乌鞘岭，面对严肃地屹立于西北的气盖万水千山的祁连时，倏然发现：自己的心灵，特别到彻底涤荡受到深刻磨砺，还我于自然中的真情天性，还我于人类中的质朴人性，并在我生命的短暂岁月中，碰撞出瞬间闪过且到死都在品味的本能变化。

这种本能变化对于一个人来说，无疑是辉煌的。

因为这种变化不是空洞之物，不会一惊即逝。它的基本点首先是祁连本身蕴含了任何人可以看的山体，却不是每个人都具有灵性去看懂的山籁，不是每个人都能在人生的坐标系上把握住祁连给予的厚重感情的神韵。走进祁连，这座山或者一截黑色褶皱的山体，可以激发起作为人的生存血脉的剧烈涌动，升华成作为人的品位、人格。这种对祁连的胸胆开张、魂魄飞扬的领略，一生一次足矣。

我的血型是玉树

祁连山延绵两千里，逶迤在河西走廊南侧的苍穹之下。明代诗人陈棐咏道："马上望祁连，连峰高插天。西走接嘉峪，凝素无青烟。对峰拱合黎，遥海瞰居延。四时积雪明，六月飞霜寒……"祁连的雄伟和特有的地理形势，交通位置，使它用不着著名人物来演讲就默默列于著名的大山。

古浪峡，是祁连东部的一条峪谷，两山险陡夹紧一条被整理成今天横穿中国东西的312国道。而祁连西部关闭嘉峪关城门，青藏、内蒙古、黄土三大高原交会处的祁连山脉就显出口袋一般形状的自然分量。而当1936年的西路军从古浪峡开始失败时，两万多红军将士的鲜血生命，化作黄沙堆垒的无碑坟茔时，祁连便振聋发聩地增加了海拔高度，祁连的名字也径自苍茫地穿透时间，永久地凝重了它的革命分量。

从乌鞘岭我开始起步向西，向西。我的脚步不敢滑滑扭扭以舞步样式走动，我的心脏不敢懒懒散散像柳叶轻浮闪动。一切归属祁连，一切归属凝重。

似乎我策马山丹军马场就是汉代名将霍去病的骑军；似乎我迈步丝绸之路就是张骞手下的好友使臣；似乎我疾步永昌红军路就是西路军中一员骁勇善战的士兵。然而，这些个似乎，都是我自说自话的甜蜜的假设或善良的冒充。我始终清醒我的身份：自然中的人，就像自然中的树木草、石泉鸟一样，放纵祁连，崇拜祁连，融合祁连。让祁连听我今生来世的钟情所爱，让我虔诚地聆听祁连古往今来的磅礴诗篇。

从乌鞘岭向西就能领略祁连。我细读祁连中下河清、千骨崖等处于新石器时代的文化遗址；我深读祁连中肃北和黑山湖的浅石刻岩画；我拜读祁连中魏晋六号墓七号墓砖画和敦煌灿烂世界的壁画；我研读祁连中悠悠人文风情和千姿百态的冰川黄水……可惜文化遗址没有随时间延宕为都市，更欣喜遗址之地幸亏没有随繁荣延宕为都市，要不然那些个肮脏的喧嚣和丑恶的纷争一定会殃及光辉的文化智慧，让两亿岁的祁连仅留存了武威、张掖、酒泉、敦煌四座城池，让十多亿中国人的籍贯中，没有谁人能填写：祁连山。

乌鞘岭西去，我的灵魂倚仗了祁连获得升华，我的头颅倚仗了祁连获得了净化——当利欲掺杂在自己美好理想的花环中，那理想迟早一天要腐败为泥；当真言嘟嘟嚷嚷天天悬在嘴上，那自己的真言终究会变质成一派谎言；明知自己有虚假再不以真诚善待，势必导致万恶之源的虚伪！静固于西北高原的祁连这样严肃而无情地拆开我的两腋肋骨，让心肺在没有承托没有袒护没有防御体系中接受审查诘问，这个独自领受无人知晓的祁连情节，谁都没法让我再成对它山重新演绎一遍。

1988.6，乌鞘岭

布达拉

山口那边岗峦起伏,绵延而去。山口外面,有老阿妈美丽的天堂美丽的布达拉。老阿妈立于山岗之巅,一只像裹着黑油纸的手抬至眉宇,向远方久久地眺望,立在坡下的我,就以为老阿妈是举着一块刻着经文的玛尼石阖在额上。

穿着长裙的老阿妈终于从坡上下来,我本想上前去搀扶她一把,见她仙人样腾云驾雾地飘下也就作罢。只和她豢养的藏獒一样,无言地随老阿妈回到土屋。老阿妈一进屋就伏倒佛台下,说:唵嘛呢叭咪吽①。说了很多遍,磕了很多头,立起时,泪已沿着皱纹的流向横淌而去。

朝暾溢出。

---

① 唵嘛呢叭咪吽:佛教六字真言,意为莲花在我心中。

土屋和土屋四周的一片青草地，罩上一层毛绒绒的鲜嫩阳光。对面的山坡和通向山外的路，依然还在大山的阴影中。不多时，老阿妈就要和另外相约的三个女人沿着那条路去布达拉了。昨晚，像过节一样的女人们聚在土屋里说着笑着，还做着庄严肃穆的佛事。坐在一边的我，除了六字真言和布达拉，她们说的我一概听不懂，唯有带着上气不接下气的笑声，方让我明了她们以一辈子的劳作，得到了一个轮回，一个玄机。

　　起得很早的老阿妈在屋里磕完头后，才拿起小盆小梳到河边梳理她的长辫去了。我陪着老阿妈隔着火塘在羊皮褥上睡了一晚。很和善的老阿妈对我说了很多话，唱了很多歌，我对老阿妈点了很多次头。老阿妈那张干瘪的嘴如同干瘪的鸟洞，从里面飞出来的话，我虽听不懂，却听出那话语里有一种飞翔的声音。我心中骤升的祝愿已缀满在她的褶裥上，老阿妈将要背着它，以坚韧的哺育过儿女的身躯去丈量1200公里朝圣路。

　　老阿妈从河边回来了。被山风吹散的长发已齐崭光鲜地盘绕在头顶，如同橄榄枝编织的霞冠。回屋后的老阿妈在香炉里续奉上一炷香，清香的火苗将照耀她踏上远远的朝圣之路，向着远远的布达拉。

　　老阿妈的儿子说，布达拉是她心中永恒的向往。

　　老阿妈的女儿说，布达拉是她心中神圣的天堂。

　　老阿妈最后说，布达拉布达拉，唵嘛呢叭咪吽，唵嘛呢叭咪吽。

我的血型是玉树

我静静看着老阿妈在为自己的远行拾掇。也静静等着通司①领着其他的朝圣女人来。

老阿妈将她要戴的护掌递给我看。我接过来,就觉厚重。牛皮被钉在一块光洁的木板上,两根细牛皮绳就拴套在指上,一个长头磕下去,它要保护着老阿妈的双手尽量不被碎石擦伤。在昨晚明亮的酥油灯下,我对着青海、西藏地图,用红笔划出老阿妈要走的路线,算计一下里程,沿公路最少也得1200公里,老阿妈以磕等身长头代步,至少要一年时间磕上70万个长头,才能到达她心中希冀的天堂。一路要有多少惨烈的艰苦、多少暴虐的雨雪呵。

同去朝拜布达拉的女人来了。缠绕在心中的不明之事我便说给通司听。通司听了我的疑问后笑了,说,这不会难倒去布达拉的所有藏人的。如果有河流挡住老阿妈的去路,磕着长头到河边的老阿妈看看河有多宽,再重新走回去磕上河宽距离的等身长头,这就算老阿妈磕着长头磕过了河。逢大沟也是这样。通司把我的疑问也对老阿妈说了,老阿妈说,我从前活过的日子,都是这一路要过的日子,老阿妈还说,就一个马站②嘛,不远,这是上天堂的路呵!

将1200公里轻描淡写地说成是一个马站,老阿妈真的是有气势啊!

一切都准备好了。连同出发时的好天气。老阿妈走出土屋,开始磕下第一个长头时,我看见了精神的纯粹,精神的光芒。

一生的坎坷,老阿妈都将以虔诚而平伏的长头填平;一生的种

---

① 通司:即向导。
② 马站:藏民旧时用来计算路程的单位。1马站相当于120华里。

植，老阿妈都将以悲壮而辛劳的长头收获。

通向布达拉的路，是老阿妈一生的崇高。一路她将不惧怕困苦和死亡，一路只有真言和幸福。70万个等身长头呵，成为老阿妈浓缩着一辈子的盛典；一年的苦旅之途，浓缩着老阿妈一辈子的刚毅和探求。

跟在老阿妈身边，我默默走着，也时不时陪着老阿妈磕着一个个等身长头。前方是山口，依坡而居70年的老阿妈一生没有走出过的山口。我送老阿妈到山口，目送四个此起彼伏磕着长头的女人，和一头驮着帐篷驮着生活必需品的牦牛渐渐远去。她们要到来年8月的雪顿节前，才能够见到布达拉。

一条荒芜英雄路上的名字越来越响：布达拉，布达拉，布达拉——

1988.6，玛多

跪对黄河源

从罗藏丹增手中接过两团糌粑，我细心地放进登山包，离开玛多继续策马西上。再往西，是我计划中的一段路程，在这一程的顶端，厚厚实实缀住我一个比认识天安门还要早几天的向往：一条远上白云间的黄河的开端。向了通往扎陵湖的土路，罗藏丹增家橡杆上挂着的那只风铃，当当郎郎送我直到我的身影消失在罗藏丹增含着祝愿的眼光中。

探访黄河源头，在历史文献里就记载了古人许多的业绩和他们留下的壮美诗篇。公元653年，侯君集、李道宗奉唐太宗之命，率兵远征黄河源一带。公元641年，文成公主远嫁藏王松赞干布，就是从这儿入藏的。公元1280年，蒙元王朝为探明黄河发源地，派荣禄公都实去黄河源头考察，历时四月余，终于到达黄河源，此后不少志士仁人远离妻儿远良温暖之家跋涉去探访，领略其强大的原始生命力度深深切割现代灵魂脆弱神精的景态。

我单枪匹马（不是形容，是真背了枪骑了马），沿黄河向上奔驰，一路上只有沉浮于巴颜喀拉山山顶山坳的白云和撩拂我散乱长发的山风与我保持一样的速度，而漫山遍野的野花牧草让我一点儿不感到寂寞与孤独。这些具有河源特色的垫状类植物，星星点点开着白、红、黄的花，越远看越觉得像策马奔走在柔软的绒毯上。马蹄虽挠不起什么尘烟，叩在唐蕃古道上却一路铿锵，无障无碍的山里便四下荡漾开一种很有威慑力的"哒哒"的脆响，似乎是青海湖的悲壮冰排，似乎是倒淌河向遥远海岸线的无望呼唤，又似乎是玛卿岗日崩裂之初的冰川。我多情的双目尽情欣赏这多少人景慕景仰的西部高原的苍茫之天辽饶之地磅礴之山，然更多是我像虔诚的朝圣者注视着坡下这条心为之醉魂为之夺的河流。

我放慢马步如一条逆流而上的鱼款款前行。拐过一个月亮形状的河湾，马蹄声惊动河边一下片露着黑脊的湟鱼。我勒住马，居高临下看成群借助鹅卵石缝狂窜的湟鱼，不忍再惊扰属于它们的一方黄河之梦，我勒马下路，沿遍地鹅卵石的黄河边行走。眼前的这条黄河，像雄狮蛟龙，弯曲咆哮一万里，它用自己的乳浆，养育了我们的祖先，使我们世世代代得以生息繁衍，黄河流域的文化源远流长，至今仍光照史册，辉耀环宇。渐渐我感到脚心漩撞一股热流，且屏息静听到脚心的热流转换为两股犀光，以生命之真诚盟誓的最初冲动沿两股动脉直涌窜我的胸堂，卸下行囊，我一步又一步坚定地走近渴盼的黄河，每近一步，都感到黄河向

我的血型是玉树

我拂来一股热浪，都感到我在跋涉一章中华五千年的历史。又开双腿支撑住我一副胸膛，一颗头颅，我终终稳稳地立地属于源区的黄河边了！

　　清澈的黄河水悠悠地在高原强烈的阳光下闪着洁亮的波光。水面不宽，也不湍急，温温和和的，只是在斜对岸处一块突兀的褐色石块下，水流悠闲地泛泡旋转，像不愿流逝而去。仿佛它们也知道，一旦离开属于自己的土壤，就得脱离清洁而泛黄，夹沙带泥，直撞直冲，处于一种你争我夺、争纷杂乱的世界，直至被大海的坦荡所吞没。我又向黄河跨进半步，从我脚下伸出的几丝绿草在水中伸展游动，如时针倒拨千年，瘦马只顾啃它的肥草去了，乱窜于草甸的哈拉野兔无踪无影了。天底下、地之上只有走出南方那块虚幻天地的我，目眩神驰意诱情感于流水无声的黄河，久久久久无言以对——1929年我国大旱，数以千计的儿童死于饥荒，这场大旱最终夺去400多万人的生命。如果有这黄河水的滋润，死亡的魔影就不会笼罩中国四分之一的土地。还有居住于变化莫测的黄河流域的人民，在1939年的水灾中有90万人惨遭祸殃；1200万户家庭被毁灭，5500万人受灾。如果黄河像今天这样治理得很好，就不存在当时的被外国记者描述成"本世纪任何其他地方所不及"的凄惨结论。我还想，古今五千年这河水融成的历千古而不朽的民族精神，想上下五千年苦难深重不屈不挠的人民大众。还想小小的我因真诚而被虚伪欺凌，因坦荡而被权力挤压。再凝视眼前微波细浪的黄河水以一派安详融和之势的气度，剧烈震撼我的血液，我再也支撑不住自己，双膝跪倒在水里，热泪夺眶……

自我的双膝沁入过黄河源水，就不再因委屈和憎恨而烦恼。从那天起，我在高原独旅中遇到什么样的困难都不怕，遇到什么样的威胁都不软，因为，我，跪对过黄河源！

1988.8

牧区遇狗

我到离班玛县城180多公里的达卡乡去。沿途山川狭处百来米，宽处一二公里，两边全是海拔三五千米的大山。一位陈姓的汉族干部，教了我对付野狼狗熊的办法，并牵来一匹好马让我早早上路。

跑了三个多小时，我在多柯河边遛马，自己吃了干粮，又继续赶路。不一会，见一顶灰色帐篷出现在山脚下。我打马拐过去，想讨点水喝。还隔河，就听哗啦哗啦铁链声响，帐篷前一条高大肥壮的黑狗，颈脖上扣着铁链在吠嗥腾扑。马不敢越河，我操着半生不熟的藏话向藏民讨水喝，藏民好客，叫我进帐篷坐坐，水马上就烧好。我可不敢，那帐门正在那黑狗控制的范围内，推说没工夫，匆匆喝了点浑黄的河水又上路。

越往前走气候越恶劣，我舌头干得像块木片。转过两道山川，远远又有帐篷映入眼帘，又萌生了讨水喝的念头。还没走近，从牦牛群里窜出三只狗，一字排开凶悍地拦住我的去路。马跑了个弧线回头，仅一条路，不能绕过去，更不能强行冲过。还在西宁乘车进班玛时，行至苦海，一条狗一直咬了客车好几里地，我坐在窗边，不时见狗腾起来趴窗户咬。想起那回狗的厉害程度，我不禁毛骨悚然，忙喊叫藏民把狗拴住。一个尕娃从牦牛群里钻出来，两手搂住两条狗，脚一抬，骑到另一条狗背上。我让马踏着小颠过去，刚与狗平行，尕娃裤裆里那只狗头一低忽窜出来，马惊我也惊，抖缰疾跑起来，余下两条狗也挣脱开追来。

耳边风呼呼了好一阵，突然，马不知怎么的，前蹄一跪，我冷不防从马背上摔前去老远。我忍痛一骨碌爬起来，横挎在登山包上的小口径步枪不知飞到哪了，我抽出腰间藏刀准备与狗搏斗。可是回头再看那狗，却已调转头跑了。

我丈二和尚摸不着头脑。原来马的前蹄踏进了旱獭洞。狗是没见识过马匹和我跌倒的动作而吓跑的吧！

1988.7

我的血型是玉树

怀念昆仑

要想见到昆仑并没那么容易,它近在咫尺又远在天涯。

从那一天起,我第一次面对昆仑又匆匆别离的时刻起,记忆便永远抹不去了。

昆仑是普普通通的缓缓的一片山,静静的一方天,并没有名山大川的神奇险峻和花草松林,但是,仅仅因为它叫作昆仑,这就够了。

很奇怪,面对昆仑,我没有像同路人那样表现出不可抑制的亢奋,我只是觉出了一种沉静,我只是觉得我心目中的昆仑它原本就是这样的,我只是觉得我面对一个久远重逢的比我大许多的兄长,它是一个温厚的兄长,我说不出它有一股什么味道,我总觉得它最能看透我,无须我对它叙说什么,它什么都知道。当然,我可以什么都讲给它听,用不着斟词酌句,即便是滔滔不绝、颠三倒四、点状思维它也不会厌烦。宽容我自然也坦护。对它的话我就是明明愿意听也可以说"不听,不听!"我总是存了许许多多挺重要的事情告诉它,可是在真有机会告诉它的时候,又什么都忘了。它对我永远是真诚的,有些事,它就是不对我说,也绝不会编出另一套来蒙骗我。当然,更不会当面给我难堪,不会背后给我拆台,不会就是不会,我就这么深信不疑。就是这样,面对昆仑的时候,我就是这样一种切切实实的感受。我并没有什么自豪感,并没有觉得自己是登上昆仑山的好汉,相反,却是这种面对兄长的理所当然的娇小。

而最重要的,面对昆仑,在那片温厚的氛围中,我仿佛才开始觉出:往日里那十几平米之内的小小哀伤真的不算什么。

可是谁也少不了十几平米之内的小小哀伤:莫名其妙的谎言啦,家庭琐事的羁绊啦,再严重些的:朋友的欺骗、物质上的损失、不被理解的委曲,甚至不能接受的冷漠,诸如此类,精神上不受波动是不可能的,没有几个人能够做到,问题是在这之后该怎么办。

也就是从那一天起,在我的十几平米之内的小小哀伤频频来临的时候,我总是,总是想起昆仑,想起我面对昆仑时的那短暂的片刻,想起它给予我的领悟。我总是,总是想把内心的哀伤统统倒给它,倒给它之后,它们就真正变成小小的了。可是,我也总是,总是想,真正面对昆仑的时候,我什么都不说,不用。

我因此而怀念昆仑,怀着对我的兄长的依恋,怀着对那种温厚的渴盼。可我深深地知道,要想见到它并不那么容易,它近在咫尺又远在天涯。

1995.11,跋涉过昆仑山口

我的血型是玉树

一只陶埙

明天，就是我开始向黄河源区进发的时间了。

当我伫立在西宁街头的一个藏人摊点上，面对一只现代人制作的陶埙时，心中便无名的激荡起来。尽管这只混放在各种藏族手工艺品中的陶埙是现代工艺制作的，因了我对它的向往，也因了它既抽象又古朴的外形，我便买下了。

在3000公里寂寞的高原路上，我时常把陶埙拿出来吹奏。有了陶埙和陶埙的声音，我的孤独冷寂的高原闯荡，就有了气象，有了内容。

这是一只鱼形的陶埙，扁圆。就孩儿的拳大，空心。鱼口就是吹口，前有四孔后有二孔，若不是匠人涂了黑色的鱼状纹印，随便置于哪儿，行人都当是黄河源区的一块石子。真的。

埙，是我国最古老的乐器，来源于劳动人民的狩猎活动之中，一说是人与人之间的联络工具；一说是用来引诱猎物的；还有说是恐吓凶猛的野兽；更多的说是杀死猎物后用作欢庆的，反正各种说法都可成立。在《诗经·小雅》就有"伯氏吹埙，仲乐吹篪"的文字记载。

我第一次听到埙的演奏，不是在商朝或商朝王前的古人狩猎活动之中，是1983年的黑白电视机里，那年1月23日的电视屏幕，播映着一位演奏家在北京人民大会堂吹奏《九歌》中的《哀郢》，还有《楚歌》。演奏完毕后，当然震惊了全球的音乐界考古界，因为那只埙是原原本本的六千七百年前的陶埙，从黄土地里挖出来的。后来听说有人模仿制作，大批量制作成商品，不管音阶准不准，即可在台上表演或台下揣玩，人们喜欢它就是因为它太古老了，且吹出的声音奇特怪诞，那种粗犷而低浑的呜呜之声，让人感到远古的氛围，感到深沉历史的厚重。

在漫漫青藏高原路，粗糙而笨拙的陶埙时常握在我的手中，在高原的阳光下，它闪射着任何人的眼睛都无法对抗的白光。

一天，当我艰困地跋涉在海拔4000多米的知钦山上，看到了一只美丽的红狐在乱石中奔走，那种红色实在招人喜欢，我不想捉住它，只想让它在我的视野中多滞留些时间，我就吹埙，那种悠远的声音，顿时布满山巅山坳，我真想用埙声把那火球般在山坡滚动的红狐引诱到面前来，谁知红狐极怕，就逃。它以为我是比野兽更野兽的一类动物，怎么发出如此令人胆寒的声音呢？红狐逃掉之后，我突然想起埙还有引诱之说，不禁也胆寒，收住埙声赶紧走，怕招来恶狼瞎熊之类更大更凶猛的野兽来。当然更重要的，是我将

我的血型是玉树

陶埙视着为孤旅上无言的友人，让它知我心，晓我情。

其实，我没学过有关陶埙的演奏曲目，也就是指孔捏着，随心所欲地吹，似乎吹出的音符在哪首曲里有过。更因为它是陶埙，它的音色本质就是如泣如诉、醇厚古朴、低沉而悲壮，似乎我的诗歌离它很近。我一路吹奏，好像自己就是地球上唯一的陶埙演奏员，除了一直是走不完的大山，就没有音乐爱好者聆听，怕谁来挑我的毛病呢？当然，我若是遇到藏民或者是夜宿任何一顶藏篷，陶埙早已乖乖收起，去倾心聆听藏人吹的鹰笛或唱的花儿。

每当又一个高原日出，我踏上漫漫山路，陶埙又会捏在我的手心，埙声又遍山遍野响起。穿过雪线高度，黏贴在巴颜喀拉大山，每攀登十几步就驻足喘气的我，虽然没有足够的肺活量把陶埙吹出流畅的声音，可是耳廓里，总是有它的呜呜声在山间奏响，好像遗落黄河源区6000年的埙声，汇拢过来撞击我的心脏，汇过来灌注我的毅力以及魂魄。

这只陶埙，今天依然在我的书桌上，，闪着耀眼的白光，看看它，真纳闷，那年我闯荡青藏高原整整一个夏天，衣服破过，皮肉破过，唯有它——这只泥土烧制的陶埙，没破过。

1988.8

隔壁村庄

恣意地说说隔壁村庄里的人和事,那是不用谨慎地择词拣句的,心中所想,嘴里所说,言心一致,人便有了快乐,就不感到累了。

那是我早年下放所在地的隔壁村庄,像似有一个年代久远的村名,叫上阮坝或是头道营子抑或唐王村什么的,因为是隔壁村庄,村名记不准了,总的说来,那不是一块绝地。那时的乡村就是一种田野乡村的味道,或是竹篱笆,或者泥土墙围起一座农舍,农舍多半是泥墙草顶,家境好点的人家则是青砖灰瓦,虽有瓦屋草房之别,但户户人家的大门后都垒有鸡窝,窝旁专有一个小方洞通至大门外,人走大门,鸡步小洞,各行其道,有时鸡下了蛋后,也会人来疯一样从大门跳进跳出。当劳累了一天的主人看到鸡窝内有一只甚至几只蛋静静地躲在那儿时,住瓦屋的人和蛰草屋的人,都会感到生活的勃勃气息：好日子呵。再者，炊烟飘升的时间也大致相近，且炊烟逸飞的时间长短，以及炊烟的厚薄浓淡也没有贫富区别，一团团白烟一片片青烟相交叠相揉拧，缠着白杨树樟树柳树，把个村庄涂得像个水墨画，这家鸡叫，那家狗咬，树上鹊鸣，塘里鸭闹，棒杵声声，村童跳跃，远离家乡的游子回家探亲，隔个三里五里见到此景闻到此声，自会泪流满面，一路喊着妈妈小跑回家。

村庄之安谧也不是永恒的。

中国的农村问题研究专家，也研不深究不透隔壁村庄的事，都是发生了事再来调研，伏在村人后面研究子丑寅卯。转眼几年，隔壁村庄的格局越来越变得模式化了，砌房一律碉堡状，三层两层的楼房视皮夹子鼓囊程度而自定，所有的村房是不能纳入建筑艺术范畴的，除了村中间的那座小古庙。除此，种树要种同样的树，铺路要铺笔直的路，养鱼塘修得方方正正，一切规划和建设都是从改造自然战胜自然的基点出发，人类认知的现代化生活，忽一夜，变成铅笔盒上的乘法口诀一样简单。于是乎，一座座崭新的村庄像生长激素泼洒下的豆芽，千百年历史的投影被涮成没有了特性的村庄。

变迁自然有变迁的烙印。我细细琢磨隔壁村庄的演绎过程，不知是否今天的村庄，又被什么东西束缚住了而让人一目了然，似乎隔壁村庄的村名与任何一个村庄的村名调换，都很般配。村庄的孪生性发展，没有任何人能够阻挡，能够拒绝。不尽相同的村庄文化崩溃了，门楣所体现的民风民俗不见了，房屋的木榫结构艺术不见了，门窗的雕刻艺术不见了，石鼓没了，草垛饭场没了，水车戽斗没了，隔壁村庄原有的没了，即使窗花在大过年的时候还出现在窗玻璃上，那个红红的或精妙或粗犷的民间剪纸，贴在笨拙木呆的水泥房上，总显得不伦不类。

现在从隔壁村庄走出来的人，对村庄没什么认识，不像他们的父辈，时时怀念着村庄，念叨生长自己的村庄就心旌荡漾。

至于隔壁村庄所发生的事，倒比以前来得花样十足，那些事常常洞穿我的心灵。

1998.8

水西：咆哮激越太平鼓

水西村，是新四军江南指挥部的所在地，那是一个远离市区的小山村。村里没有宾馆没有旅社，可是我来水西又不想马上就走，于是，我没有凭借任何证件，就借宿于一位普通的村民家中，他不认识我，我也不认得他。若说凭借什么的话，就是村民知晓我对一支军队的崇拜，对水西这座山村的爱戴。若再现实点，那是我对一支鼓队的敬佩。

吃罢还带有年味的晚饭，我去村长家作礼节性拜访，漫步于村中，隐隐有鼓声传来，循声而去，在新四军司令部的印刷室旧址里，三五个村民在散散拉拉打敲着鼓，其中还有两个十来岁的学生，过年么，打着玩闹的，心中不免有些不以为然地走了。但当与村长交谈至半，散散拉拉的鼓声戛然而止，重又响起的是有节奏的鼓声，我无心再与村长言语，就来观赏。

再称他们为村民，好像缺了点男人的分量，我马上想到一个威风凛凛的名称：汉子！对，他们是水西的好汉。这群汉子最大的 70 岁，最小的 17 岁。

三副抄锣在汉子的手中威风抖抖，抖起今天又一代人的风采和豪放。

三副铙钹在汉子的手中铿锵有力，以又一代人的崭新音律在水西辐射。

至于那位鼓棒槌飞扬的鼓手，在尽情释放胆量和能量，在坦然展现体魄和高昂。

水西太平锣鼓会的会长说：这就是水西太平鼓。

说了这句便不再说，余下的由你去领略，去掂量。

1994 年大年初一，水西人自筹四千余元组建的太平锣鼓，在红艳艳的队旗下，到指挥部门口以豪迈的太平锣鼓，向陈毅、粟裕，向整整一支抗日的军队，拜年了！

他们仿佛看到，当年的陈司令又笑眯眯地在观赏水西鼓队了。

多少年不敲太平鼓了？水西人心里明白。这年头的鼓面不再封闭，这年头的鼓槌不再迷惑羁绊，这年头的鼓手呢，不再困顿束缚。水西汉子李文彬，居然将祖辈传下的六套鼓谱融在了自己的血液之中，一节一节记下，一段一段传出，17 岁的小汉子李春林、李建芳操着铮亮的铙钹又将鼓谱融进了自己的血液！

陈司令，你见过水西小汉子们打鼓的英姿么？你若见了，一定会被后一代鼓手翻飞的铙钹、奔突的鼓音搅得热血沸腾，让你想起中国黄河的涛声，领略中国胸襟的宽广，让你诗兴大发，挥笔在水西的每一片土地写满诗言!

据说,我是第一个观看水西太平鼓表演的外乡人,水西太平鼓也是第一次专为一个外乡人表演。我很荣幸,我很骄傲,但我也很愧。我是谁?一个写诗佬怎能承受此种盛情?觉得该为他们做点什么。我就说,给你们拍照吧。我觉得应该有彩色的照片让更多的人知晓色彩斑斓的水西太平鼓。李文彬、李木根、李云华,还有小汉子李春林、李建芳,我都将他们的英姿摄入镜头。

但是,洗出的胶卷竟然不见他们的身影!怪了。只能唾骂进口傻瓜机。

但是!也不怪。任何最精彩的场景都不能以照片——这种低能的记录形式留下来。那一晚水西太平鼓的印象,已镌刻在我生命的河流中,凝成一尊瞩目的磐石。

会长说,等到春天的茶叶节,要一展水西太平鼓的风采,让中外嘉宾瞧瞧。是的,水西太平鼓,在等待阳光飞溅的这一天,他们——水西的汉子,不会输给河南磐鼓,不会输给山西威风鼓,他们会以咆哮激越的鼓声,向中国、向世界阐明一种全新的水西威风,溧阳魂魄!

1994,春节

漂亮溧阳

晓知溧阳，乃是我刚刚识字的童年。

那时我生活在沪上一条叫久耕里的棚户区，里弄的末端，便是溧阳路。准确点说，我还是"漂"与"溧"不分的时候。

娘说那是溧阳，我仍旧嘶吼说是漂阳，有理呀：是以漂亮的太阳作地名。漂阳，就此牢牢地记住了，并至今还在咀嚼孩提时固执地读漂阳的感觉。

后来，我便光荣地来到溧阳隔壁的一个穷地方，因为"上山下乡"。那时才突然忆起孩提时的溧阳"漂阳"之误读，但有一点印证了我孩提时的判断：那确是漂亮的地方。这个印证也非我一人所定。

知青嘴馋。我上山的地方总买不到好吃的，馋狗般的知青们嗅找到二十里外一个叫黄金山的代销店，蕴藏着买也买不尽的一种橙

我的血型是玉树

红的如狗爪的食品——京江奇，三分一只，既香甜又耐饥，一气吃下十几只便能应付一天的劳作。于是我们便常论溧阳的好处，以至我感激地对知青们宣誓：争取到溧阳安家落户，好好当个倒插门女婿。

几年后，知青们四下散了，远在唐山从军的我也早忘了廉价的誓言。

真正认识溧阳，是1991年那个水灾的夏天。我独自儿面对溧阳，开始了抗洪救灾的采访，三入前马、河口、社渚、周城、平桥、横涧、竹箦、泓口、马垫，乘啪啪车坐机帆船，时而涉水，时而徒步，啃馒头方便面，睡田埂小旅馆，大半个溧阳地界内的人民，给了我可歌可泣的丰富文字。

在抗洪前线，我认识了卷着裤腿、戴副眼镜的白面书生，后来经乡长介绍，才知是溧阳最高职位的领导，还认识了于兰英、李腊珍、徐寿福、叶福兰、吕田福……如今平和祥气，无战争硝烟熏天，那场抗洪救灾，便是不用刀枪的战争，他们便是可泣的溧阳英雄、可歌的溧阳好汉。然而今日的他们在各自的岗位默默地工作着，没有一个将功德悬在嘴边。

我家祖宗八代上没出过风水先生，酷爱中国文字的我，也不与风水先生搭界，但始终如一地认为：溧阳的山丽、水美、人厚道。

有一位酷爱诗歌和围棋的四川人，他把新婚房间很神气地布置在溧阳的一个小山村，那股依旧浓郁的喜气至今还在弥漫；连续三届的"中国溧阳茶叶节"上飘拂的清香，诱惑得外国佬们感觉世间唯有溧阳之美；如翡翠镶嵌在溧阳地名上的天目湖，如歌如诗的清秀，使每个到过溧阳的人，心里满满地盛着感叹；日新月异的城市建设步伐、突飞猛进的中国百强县的英姿，还有一句全国流行的"正昌正昌，江苏溧阳"广告语，全都按照这个老头浪漫磅礴的诗歌风格及严谨缜密的围棋棋风而发展。溧阳很感谢很怀念这位新房喜气犹在的老头，这位共和国外交部长的老头。

兴许我是烈士后代的缘故，兴许我是受三分钱一块京江奇引诱的缘故，也许在水灾中结识了那么多溧阳英雄的缘故，对溧阳这块土地，我是尤为地亲近向往。

嗨！溧阳，啥时要我再去写山写水写人民，即刻通知，我会揣着孱弱的笔，坐着啪啪车，即刻赶到。

1998.8

上沛老人

在溧阳的山里行走，会路遇很多的老人，很多的老人都有很多的故事。无疑是岁月的积淀让老人瘪瘪的嘴巴里蓄拥满满的故事，使后来者的我对那些个故事、那些个老人具备了浓厚的诱惑。上沛的童姓老人就是我难以忘怀的一位。

那是一个天地如炉的下午，想必童姓老人烈日难耐，独自一人坐于前不着村后不靠店的树荫下歇息，或许他是专程坐在此地，旧地回忆他一生中值得回味的一段浪漫一段光耀。我上前招呼，老人倒是极爽地与我拉呱，老人善言也善唱，唱了一句我没听懂，唱了两句我如坠入云里雾里，唱了三句我兴趣极浓，虽没听清唱词，但分明感到高亢远阔的腔调，似乎在抖落历史的尘埃，显露它的古老而厚重。恳求再唱，老人不唱了，说天闷气短，唱不动，不如年轻那会儿了。我思量这非溧阳山歌，更非常锡文戏，敬问老人，老人长叹：没人听懂啰！这是《训赶妓》里四平头的唱腔。老人把"训赶妓"三个字用树枝写在泥土上。老人见我惶惑，说《训赶妓》是《目连救母》里的折子戏，我唱的是目连戏，抗战前溧阳目连戏唱的够火热呢。我再也挪不动步子，我知道只要与老人对面坐下，眼前就会再现一幅历史绘就的风俗画。果然。

目连戏是传统剧目中以目连救母为题材的大、小戏的统称。明初安徽南陵即有此剧。溧阳邻徽，从1935年前移至清至明也出演过，上演范围集于上沛。目连戏的特点是充分释放一种神秘性，它所表现的原始神鬼恐怖很强烈，因而造成演出环境阴惨恐惧的氛围，凡天神天祇、牛头马面、鬼母丧门、夜叉罗刹、锯磨鼎镬、刀山寒冰、剑树森罗、铁城血解，汽灯下面皆鬼色。那时的上沛小镇，只要搭台，只要有剽轻精悍、能相扑跌的戏班进驻，四乡的观者就来得拥挤。有一定时间一定地点的演出是每年丰收后的中秋节，十五日傍晚掌灯开始，十六日早晨闭灯结束，取一个落日一个日出两头霓云霞彩的吉祥之意。目连戏的作用乃为民间祈祷，戏文则相当固定，有连演三天和演一天的两类。连演三天的戏文大多为连台，丰满而庞大，溧阳倒没怎么出演过。一天的戏文，简单明了，戏人尽挑重彩之处演，往往一个晚上能演十来个折子。

我想到十来年前，曾参加常州作协组织的诗作者采风团去绍兴，在纪念鲁迅先生诞辰一百周年之际，看了一出绍剧《女吊》和《跳无常》，大概就属于目连戏。那些演员装扮的鬼神异常可怖，还有诡秘的灯光刺激的伴奏，很让人一晚一晚地睡不着。我想当时上沛的目连戏，之所以吸引乡民三五十里赶至看到天明，正是想看看

我的血型是玉树

男鬼女鬼如何从阴曹地府逃出来为民伸张正义、惩恶扬善的吧。

童姓老人问我,看《女吊》《跳无常》听不懂唱腔吧。我说是。老人说这还不是目连戏的精彩之处,上沛那会儿演目连戏,有演员还上旗杆。杆竖在台边一丈远,极高,随着剧情的发展,演员从台上猿般跃到杆上,边唱边攀,顶端悬一绳,演员到了杆顶就依附绳子做一系列的高难动作。演员没保险,摔下来不死也伤,所以上杆顶的演员技艺颇高,很刺激,台下看客是掌声不断,人们看一晚的戏就看这时的精彩。老人时说时唱,唱的是目连戏,说的也是目连戏,我不知道老人在树荫下的坐处,是不是就是当年他看目连戏的位子。

走溧阳,这次偶遇童姓老人才知道目连戏,文友们都没有介绍过。兴许是溧阳宝贵的民间艺术,不得展示给外人。只是遗憾许多疑问没来得及请教老人,如今只有老人写给我的对联稍稍弥补着心中的遗憾。那对联是:

果证幽明,看善善恶恶随形答响,到底来哪个能逃?
道通昼夜,任生生死死换姓移名,下场去此人还在。

敏慧的溧阳人早知以戏说法。

桃树界

一位好客的溧阳诗人，早些时候吊出我对山的贪婪，说溧阳有个桃树界的地方是如何地漂亮。并肯定地说浏览一趟桃树界，出了那界，不是诗人也会濡染成半个活灵活现描摹山水的诗人，我听后顿生真情且日益增强对桃树界的向往。

果真，桃树界以她清纯的气韵与纤柔的幽静，让我——一个喜欢山的人有足够的惊诧和欣喜来倾诉她的美丽清新。

进入桃树界地界，即是一池迎候我的桃树界水，它被一堵不很高的人工堤坝截住下游，上游隐隐可见从山里弯下一条细瘦绵长的溪水，如泛着白光的银链紧扣水面不住地飘动，下游显静上游灵动，便荡荡漾漾地如女人脖子上挂着坠片的项链。但很快我就抛弃了这个极其庸俗的比喻，看来看去，觉得这蓝如同割锯下一块秋日的天空铺陈在界口的水面，不单单是被用作水库的水而贮备的，那

我的血型是玉树

么它是什么呢？我脑中一时衔接不上的词汇或喻象，出现了我平生面对大自然景状的第一次空白。

沿土路向界里行走，一支支苍翠欲滴的毛竹渐渐密匝起来，逐渐形成了一个连绵的阵势向桃树界四周逶迤而去，漫天漫地的清绿，绿得让人联想到人生的圣洁和崇高。此时此地的绿，已不是人类眼中大自然的范畴，而是升华成大自然在向人类娓娓诉说它以如何的一种活法去直面人生的境界，面对这片看不到边缘的绿色无言以对，让人在心里存藏不住一点点的杂色，使人灵气万端，世界洁纯无瑕。我想桃树界的绿，足以震慑人的本质，是因为它展示的绿色摒弃了浮嚣的天地，在绝绿浮嚣的天地间又无处不在孕育着绿。

在向前行走的途中，不时有三五只行色匆匆的竹鸡如黄道婆的布机上的织梭，在布匹般的悬铺于竹林的黄土路上，窜来窜去。黄莺、黄鹂及许多叫不出名字的鸟儿在竹枝间蹦上蹦下。穿过一片竹林，又折一个弯道，倏地几株桃树飞扎在眼前，相传桃树界原先都有漫山漫坡的桃树。阳春三月桃花烂漫，那一坡一坡的桃红缤纷能映红京城的龙袍。仲夏时节桃果坠枝，熟透的桃子不时从枝头掉下来，依着山坡一直蓬蓬勃勃地滚动到仅乘一枚桃核，至此遍天下才有桃树成林桃花如霞。大唐诗人李白来溧阳，听了描述第一次感到词馈句泛，便不敢步入桃树界的仙境，怕没个好诗句有愧溧阳。另一位大诗人孟郊更是情有独钟，索性把家举迁溧阳，贞元十六年（公元800年）的孟郊怎肯把县尉这种卑微之职放在眼里？不顾虑仕途枯荣，以他的秉性放情于山水吟咏，谁敢断定作于溧阳的《游子吟》的名作不是得力于桃树界的精髓？至于清代的溧阳诗人彭光斗、刘麟瑞、史其生、彭佳、溧阳县令郑晏等，更是会偷闲时光去落脚桃树界，领略超越尘世的宁静所携带的淡泊与清醒，并在清纯无尘的自然之中，进一步体悟"读书随处净土，闭门即是深山"的读书人的人格方位和人文境界。

拥有桃树界的溧阳人，进了京城更是自豪不已。清顺治十八年，溧阳的新状元马世俊，见了大宰相腿不软，不下拜于地，而是不卑不亢坦坦然然地只作一个长揖。令各地去的新科进士目瞪口呆，此举唯溧阳人，还有谁敢为？！

但是今天的桃树界，漫坡的桃树仅能在山脚下见到三两株，其余的呢？都随沧桑的历史而去了么？

在受行政区管辖的常州，那里的官员被无山无水的旅游业弄得伤透脑筋时，溧阳人不慌不忙，仅仅一个天目湖稍加修缮，便弄出一个气魄宏大、山秀水纯的天目湖风景区。很懂得推销艺术的溧阳人手心里还悄悄藏一个美丽绝伦的桃树界，竖起的宣传口号不外乎是：桃树界——让人类皈依自然与纯朴。这个主旨其实就是溧阳人民慈厚朴实的结构所在，更是任何一位凡人俗人雅人高人的最终人生归处。

在归途中，我们又进入一处高阔山坡上的竹林，好客的溧阳诗人再三叮嘱说享受一下竹林的风骨与精神传导给人的震颤。话音刚落，我所听到的潇潇竹叶声就演绎为遍山的金属片的撞击，在山风拂动下，清清脆脆犹如一山坡的叮当风铃，是那种极空灵极辽远极有音律的声音。这种烁烁生情的声音使人很容易铭刻很不容易忘却，它好像在告诉你，走一回桃树界，能让你悉知溧阳跨向新世纪的建设节奏、规划视野以及如火如荼的生长速度。

对于地处苏浙皖交界处的桃树界，我无权对它的旅游价值进行专家式的甄别，我以为桃树界是实在不同于当前许多流俗的景点的。这般思想着，又走到桃树界水库，面对泱泱水域，我的脑不再空白了——寻幽访韵的溪水不住地汇集于此，像从远古、从盛唐、从明清流淌过来，一如铮铮明镜，照映着多少代犁田耕种的百姓，照映着多少代身穿蟒袍头顶乌纱的官员。横亘在宁静之地僻壤之乡的桃树界，无疑是一代代溧阳人喜乐悲苦的生命备忘录。

步出桃树界，我不禁信口吟道：山翠竹青塞天壤，春风回望好溧阳。同行人说我沾了桃树界灵气，真像半个诗人了。

1991.6

屺亭桥畔的小屋

鉴于文人本性到一地总爱寻旧访古，无论"旧"也好"古"也好，只是其主人的艺术成就、人格品位为我心中所崇敬才肯前往。屺亭河边徐悲鸿先生的小屋就是在这种标准下作为我的一个去处的。悲鸿先生的小屋为一花边砖墙所围，小屋里里外外门框新、墙体白、瓦披黑、一如昨日由建筑队刚刚完工似的。陈列小屋主人的显赫是每一处旧居、纪念堂的必然，这座小屋也不例外。可是，参观后细细揣摩，它的陈列远远不及廖静文女士一部《徐悲鸿一生》的回忆录让观者来得激动。因了悲鸿先生的一生我都熟悉，如同熟悉自家的先人，所以也不能苛求旧居里陈列得索然无味。好在屺亭桥畔的小屋在，这多少给人以慰藉。

站在小屋前，依着廖静文女士在回忆录中的娓娓诉说，我似乎看到九岁的悲鸿，在窗棂下苦读《诗》《书》《易》《礼》；似乎看到聪颖而自幼受传统文化熏陶的悲鸿，在小屋里与小伙伴们将桌椅搭成戏台演戏的场景；似乎看到少年的悲鸿，在随父亲流浪的日子里急切思念小屋的可亲可爱；似乎看到悲鸿在小屋度过了第一个没有父亲的除夕后，坚定地走出小屋，从屺亭桥沿着大路走向艺术殿堂的情形。

其实，这样的小屋在艺术家的生命中，均有举足轻重的地位。这样的小屋也大多是艺术家们各自拥有的一个精神财富。享有世界声誉的英国风景画家透纳在生命的最后十年，一直住在乡村小屋，那间小屋，使他对大自然的认识更为精确和深入；荷兰最伟大的艺术家凡·高，一直在他的小屋过着衣食不周的生活，小屋赋予坚韧和顽强，使他创作了《食土豆者》《向日葵》之类撼人的作品；法国著名的后期印象主义画家高更，在塔希堤岛居住的小屋内，逐渐摸索到人在干什么、想什么、为什么这样原始性的东西；作为西方现代美术流派最重要的代表人物、西班牙画家毕加索，在他的小屋里，认识的整个世界展现在他的面前，期待着他去创造而不是去重复。在中国的绍兴，一座小小的青藤书屋里住过的徐渭和陈洪绶，都是具有富贵不淫、贫贱不移、威武不屈的大画家。还有内江西城门外的张大千先生的小屋、齐白石先生在北京胡同里的小屋、李可染先生的徐州小屋、与悲鸿先生在艺术上交谊最深的蒋兆和先生的泸州卿子巷小屋、与悲鸿先生同乡的尹瘦石先生的周铁小屋……

这样的小屋，总是浓浓地蕴含艺术家们的严父慈母的真情挚爱，总是酸酸地包孕艺术家们的凄凉身世和艰辛生活，也总是艺术家们在艺术成就上辉煌的起点，以及勃勃生命中一段深情的吟唱。

这样说来，我还是十分乐意地继续去屺亭桥畔，去参观悲鸿先生的小屋，去感受先生存留于小屋的风气、灵气和志气，以滋养自己一生的气质和品性。

小屋的陈列物品和时髦的装饰，已不十分重要，重要的，是小屋的存在。

1992.2

人间情怀暖

我的血型是玉树

玉树地震了。

震中了我的心脏。

疼。

从1988年以来，那里便是我日夜思念的地方，巴颜喀拉山南北两侧的玉树、杂多、治多、称多、班玛、玛多、久治、达日等等地名，还有鄂拉、阿尼玛卿、布青、布尔汗布达、巴颜喀拉等大山，都一个个镌刻在我的手心成为挥之不去的手纹，还有那一群在土屋里叫我"鳄鱼"的尕娃尕日玛（星星之意）、尼玛（太阳之意）、达娃（月亮之意）、奥约（小狗之意）现在也是30多岁的年轻人了。我是从鄂陵湖出来翻越巴颜喀拉山去玉树的，去玉树虔诚地看望一位诗歌般美丽的女人。

从玉树到女人所在的白纳沟大约是20公里。没有交通工具，

我的血型是玉树

我备好饼干和一瓶玻璃瓶装的苹果罐头早早出发了，我想在一天之内走个来回。在高原行走很是爽朗，只身一人，吼着唱着，就好像我行走在月球之上。那时我已经在高原走了两个多月了，脸上也黑黝黝的，用手指刮一下胸前的衣服，也能够刮出一层油泥来。不超过20句的简单藏语，维持着我与藏民"阿拉巴拉"（马马虎虎）的对话，但藏民一看就知道我是汉人，总是给我指点和关心。

玉树，是丝绸之路上一个重要的地方，这里发生着一个美好的故事，就冲着这个故事，我翻过巴颜喀拉山口来玉树的。步行了两个多小时，我见几个藏民在路边生火烧水，于是，我就走过去与他们打着招呼，也想讨点水喝。殊不知一条獒忽然从藏民身后窜出来吼叫着，我吓得就狼狈地逃，在班玛那边，就遇到獒追咬着骑在马上的我，使得马也受到惊吓我从马背上摔下来。好在这只獒是听话的，被他们叫住了，可是逃窜的我慌不择路，重重跌倒了。看我跌倒的笨拙样子，藏民就开心地大笑。有个腰里扎着羊皮袄的藏民就像一块岩石滚过来，拉住刚刚爬起来的我，他力气很大，我不得不被他拉着去吃他们的糌粑喝他们的奶茶，因为我的苹果罐头摔碎了。我没有了来时的吼声，也没有了歌声，有的，只是哼哼，膝盖摔痛了。痛得哼哼。

藏民扶着我与他们围坐在一起，成为他们当中的一员，他的手像一块温暖的牛皮贴在我的膝盖上揉着，听他们说着笑着，我很开心。虽然听不懂，但各民族真诚的笑容都是一样的。我也与他们一样，自己动手，熟练地用手中的小龙碗搅拌着糌粑，他们就惊奇，就哦哦地叫喊，我将手里的糌粑在手指上捏出一小块一小块的扔进嘴里咀嚼着，他们就一个个地拍打我。赞赏。我不能够多停留。我要赶路，我起身要去远方。看美女。

另一位长发粘结的藏民喊住我，将龙碗里的糌粑捏好，塞给我，汉话说出来反反复复只有两个字：路上路上路上路上。是的，路上荒无人烟，没有村庄没有饭店，也没有冒着炊烟的放牧毡房等着我，我感激的接过后，马上掏出5元钱给他，他笑笑，从羊皮袄里掏出用绳子扎着的一叠厚厚的钱，又笑笑放回羊皮袄里。我发现，我的笑脸与他的笑脸一个样，我身上的羊膻味与他身上的羊膻味一个样。想想也是，去拜访美女，身边要带的食物不该是苹果罐头，当是一团香喷喷的糌粑。美女都知道在过日月山时，将最后一件汉人用的镜子也扔了。扔成山下的一片星宿海子，了断对故土的眷念。

如今，玉树地震了，玉树人受灾了。我坚信，我怀念的白纳沟美女不会倒。我攀谈过的藏民不会倒。我走过的玉树照样盛开格桑不会倒。总有一天，我还会走玉树，坐在玉树富饶的黑土上，与藏民一起吃糌粑喝奶茶，说松赞干布，话公主，唱如今藏汉的友情。

我看望的一个美女叫文成。

我处处看到的藏民叫玉树。

因为，我的血型是玉树。

2010.4.14

白兰花嫂

我已经十四年没有见到白兰花嫂了。

每年的八月,每年白兰花飘香的时节,我的记忆中都会闪跃出一位军人的妻子,我的心里都会崇敬地喊她一声:白兰花嫂!

燕山山脉中的大黑山,是修筑承德至通辽铁路的必经之路。此山虽具北国山川的巍峨雄浑,骨子内却是一只张着血盆大口的恶虎。复杂的地质,以很长的时间束缚住了铁路的向前延伸,在山下打通一条三千米的隧道时,一场山石的突然崩塌,吞噬了四十四位官兵的生命。为首的,便是白兰花嫂的丈夫。

我初次见到白兰花嫂,是距事故发生的四天上。那些天,我被抽调出来协助军报记者采访,在走进白兰花嫂的房间时,我闻到了一股充溢在房里的淡淡清香。她抱着三岁的儿子军军,眼光浊滞地坐在床沿,机械地应着我们的话。这时我发现那股清香,是挂在她衬衫扣上的两朵白兰花漫出的。

隆重的追悼会在一个没有名称的小山上举行。四十四位遇难官兵被整齐地埋在山坡上。在默哀时，白兰花走到被她叫着"当兵佬"的丈夫的坟前，从衬衫上取下白兰花放到墓碑下。由于特殊的悼念方式，也由于更多的战士不知道她的名字，于是，我们就称她白兰花嫂。

从此，我们留给大黑山的，除了一条光明的隧道，还有山坡上为光明而献身的官兵。

紧张的军事生活使我淡忘了白兰花嫂。一天，团部来电话，要我立刻到招待所去。我以为又有军报记者来，匆匆赶至，竟是白兰花嫂！猛然记起又是八月了，已经到了遇难官兵周年祭的日子。在她的衬衫上，依旧缠着两朵白兰花，而床头柜上，则醒目地放着苏州特有的小竹篮，篮口覆盖着湿毛巾，只是没见她带军军来。她说："大热天的，坐火车坐汽车要赶三天三夜，车厢里汗臭闷热，孩子小，顶不住。"我掀起竹篮上的毛巾，满满一篮如汉白玉雕刻的白兰花像刚刚摘下，飘闪着亮丽的光泽和芳香。白兰花嫂说："这些是从自家院里采的，还是和'当兵佬'一起种的呢！这山沟沟买不到花圈，就当白兰花是花圈献给'当兵佬'。"

祭奠，是白兰花嫂和一群自发的战士去凭吊的。此后每年在白兰花飘香的八月，白兰花嫂都从苏州乡下来向遇难的"当兵佬"和士兵们献上一次洁白溢香的白兰花。

四年后的八月，她不光把军军带来了，似乎还带来了整个江南的白兰花——那条湿毛巾覆盖的篮子，不再是原先的元宝篮，而是果农用来装杨梅载枇杷的竹篓。

在去凭吊的路上，白兰花嫂说："今后不会再来了，我已为军军找了个后爸，再说今年清明，我已把当年带回的'当兵佬'的物件埋到了家乡的凤凰山上。"

军军骑坐在我的肩上问："你见过我爸爸吗？"

我如实说："没见过，但许多人知道你爸爸，连火车到了这儿，也要高高地喊一声你爸爸的名字。"

"那我爸爸在哪儿？"军军又问。

孩子的问题会越问越多，我不敢再说什么。

白兰花嫂把军军抱过去："看见没有？你爸爸睡在泥里，身上盖一个圆圆的土堆。"

军军愣了，又好像领悟了什么，眼睛不住地扫着坟墓。

白兰花嫂领着军军在每座坟上除了杂草，又在每个墓碑前献一捧白兰花。顿时，白兰花香在大黑山的早晨弥漫开来。献完花，白兰花嫂牵着军军走到"当兵佬"坟前，恭恭敬敬地磕了三个头。

在我们下山时，一列火车鸣叫着驶来。军军突然扯住白兰花嫂："妈妈，爸爸的名字怎么只有一个字？为什么我有四十四个爸爸？"

白兰花嫂惊诧地看着军军，腿一软，朝着一山的坟墓跪下来，失声痛哭了："当兵佬，你们看吧……火车来了……儿子来了……"

窗外一张长条凳

俞的家住在河边的新村里。如今规划的新村几乎都是一个模式翻出来的；居民楼次第排开，楼四周的带花边的铁栏栅，边上栽一行婆娑垂柳，柳下是一片翠绿的草坪，草坪间辟一条曲曲弯弯的小径。俞所在的新村也不例外，然而，引俞自豪的乃窗外一张长条凳，却是任何规划图上非能寻见，亦是都市的唯一。

临水而居的俞，入新居后时常立于窗前，俯视窗外人工组合的绿化带。得天独厚的倒是俞住的房子与五六幢居民楼不在一条直线上，傍河而弯弯突兀地凸出一屋之距，这就优待了俞的双眼长年处在一览无余的碧绿之中。若就这样以往，俞倒也不觉得景致的价值所在。突然有一天，一个或苦涩或幸福、或灿烂或灰暗的故事开头，便实实在在展现于人们的眼前——一个老头一个老太在多少个晨练或黄昏的散步中（有人说他们是一对老夫妻，有人说他俩不是夫妻），发现这一独特位置，于是，俩人在一个明媚的早晨，拎着一捆已经挑选好了的杂木板来到这里，不多时，一张两人座的带靠背的长条凳就出现在草坪边。这张长条凳区别于旅游景点的长条凳，它没有油漆，用料也不讲究，全是木质的本色，有条凳脚居然还是两截小方木拼接而成的，人们不能怀疑老头的木匠手艺（干这样的活，总是男人的事），更佩服浪漫老太的妙想，使呆板的新村有了活泼之气。

依凳而来的居民，不得不面对长条凳的存在。

依凳而往的居民，不得不面对一尊凝固回忆的提示。

长条凳做好后，老头老太几乎天天来，看灰白水泥块铺就的小径呈S形延伸至远处，像坐在露天电影院观赏一部陈旧的黑白故事片，更多的是讲不完的话，谁也听不见，又似乎谁都听见。俩人的姿态，平静而又坚韧地涌出一种甜蜜和亲昵。长条凳就成了遥远记忆的遗物，成了回忆的触发点。

居民见此，心底就泛出怀旧的亲情，好像此情此景是枚无情的回忆之钩，随便谁人的眼光搭上，它便能牢牢钩住你，直到心灵微微震颤，直到长吁短叹，直到急急奔回家中陪伴年迈的父母，去翻看泛黄的老照片，去细读昔日的两地书。

今天，活得很好的人们似乎再也激不起血脉之中的澎湃，生活的压力、工作的节奏已没有时间让人回忆美好的过去，唯有目睹长条凳才突发回忆，突发念起自己拥有的过去。于是，长条凳的出现，就如歌里所唱的"旧船票"。到长条凳上坐一坐，静静地忆一忆思一思，能活泛起你生命的本质，在纯净和安详中抛弃虚浮，携带禅意的长条凳就像与坐者有了一种意会，让人无法磨灭对过去生活的眷恋，对生命的珍爱。

老头老太坐了没几月，不来坐了。

细心的人们再也没见到他俩。

有的说，他俩搬到一个旧房子里去了。

有的说，其中一位仙逝，另一位怕睹物思人，不来了。

没有比老头老太年龄更老的老头老太来坐。

只有比老头老太年龄更小的老头老太来坐。

我的血型是玉树

冬天：许下心心相印的诺言

朋友的孩子敏敏在一个雨雾笼罩的天气里撞了汽车。汽车头没撞坏，敏敏的头撞坏了，就住进了医院。住在一个与头颅有关的病房里。

敏敏有鸿运，还有父母的精心照料，很快与死神擦肩而过。现在敏敏健康而安心地坐在金坛第一中学的教室里上课了。

这里我不说敏敏，敏敏美丽的人生故事才刚刚开始。刚开始的故事用不着我说。我说一个有了结尾的故事，一个没有逃脱死神魔掌的 16 岁少年。

彬彬是一个长得很帅的初中生，在焦溪的一所中学读书。崇拜乔丹崇拜 NBA 的彬彬，在一节体育课上突然昏倒在操场上，老师和同学们急急把彬彬送到焦溪医院。每个地方的医院规模各有不同，但每个医院的医学道理都是一样的。小医院不敢怠慢，急忙把彬彬转到市区的大医院就诊。成了敏敏邻床的病友。我也就认识了彬彬。

彬彬是个内心敏慧的孩子，似乎知道病情的严重，他很配合医生的治疗。当手术时，医生打开他的头颅，他从医生的眼睛里看见了自己的不治之症。一种恶性毒瘤的侵害正以天为时间，算计着彬彬青春的生命。

这种病最多还有三个月的时间。医生实在不愿意这样说，但不得不对彬彬的父母如此说。彬彬的爸爸妈妈——来自乡村慈厚朴实的农民，实在经不起天裂地陷般的打击，在手术室外哭得死去活来。

彬彬很懂事，从爸爸妈妈越发的关心和疼爱里，知道自己病情的严重，与头颅有关的病能不重么？彬彬的情绪自然降到了冰点，他不吃饭了，他绝食了，彬彬的父母让我也劝说彬彬。我与彬彬在他刚住进病房就有了接触，他知道我的职业，我们很谈得来，每次我去探访，总是给他留下许多的笑声。因此彬彬也很信赖我。那天晚上，彬彬的父母把陪同的时间给了我，面对一个中学生一个花季少年，我费力地给彬彬说了许许多多，这种费力是绞尽脑汁的，我必须避开死亡的字眼，又不能泄露大家都瞒着的病情，当我把跋涉在青藏高原时，身陷在沼泽地里六个多小时，与死亡抗争的情形说给彬彬听时，彬彬抓住我的手，哭了。好一阵，我们都没有说话，我猜想，彬彬一定在想更深沉的东西。

按彬彬的年龄，还没有到思想深刻的时候。

按彬彬的特殊情况，也该是思想深刻的时候了。

我的血型是玉树

病房里的地灯虽然只有昏暗的光线，但我分明看到彬彬的一双眼睛终于有了明亮之色。忽然彬彬问我：冯老师，你是有什么力量，从沼泽地里爬出来的呢？

我想到爱我的妈妈呵，因为我不管走到哪里，都与妈妈心心相印。天底下任何一个儿子，与妈妈心心相印了，就不怕困难了，就不怕胆怯了，我就能从沼泽的死亡地带爬出来。现在是冬天，你彬彬在冬天许下心心相印的诺言，到春天，诺言就会发芽，你就可以像 NBA 的球员一样，奔驰在球场上了。

我说完后，彬彬捂着嘴笑了。那几天是彬彬生命中最后的开心日子。他的爸爸妈妈、医护人员、病友以及前来探病的人，都想着法子逗彬彬高兴。彬彬所在的学校不光送来了老师同学的捐款，彬彬班上的同学更是别出心裁，每个女同学都给彬彬写了一封充满真挚情感的信，让他感到了又一种心心相印的明媚阳光，给了他战胜病魔的胆量和勇气。

当春天来临的时候，万物发芽了，彬彬的诺言却没有发芽，他的生命里没有显出诞生奇迹。

醉倒的姿势是他生活的一部分

最早看见冯新民的名字是在《江苏文艺》(《雨花》的前身)上，当时读到他的一首诗，题目已经不记得了，诗的大意是他在晚霞中收工了，坐在田埂上歇息，抬头看到眼前的景象，就觉得自己被丰收灌醉了。

因为我的堂哥也叫冯新民，我们生活在一个院子里，回家自然就细心观察起堂哥的言行来，是不是这首诗是堂哥写的。几天下来，发现"被丰收灌醉了"的冯新民不是我家的冯新民。以后的报刊上，我就注意容易被丰收灌醉的诗人冯新民的诗作和这个人了。

直到1989年，我做着《翠苑》杂志和常州市作协的事务工作，各种会议多了起来。在参加省作协召开的一个工作会议时，我才第一次见到诗人冯新民：一丝不乱的大背头，戴着一副深度眼镜让我始终看不清他的双眼，他将眼镜摘下也始终看不清我的双眼；还有

我的血型是玉树

一支不离手指的香烟,还有一件有着烟洞的西装,还有一张好像撞了还没干透的水泥墙的脸,反正,怎么看怎么顺眼,怎么聊怎么投缘。也就很熟悉的称呼他"新民大哥"。

之后的 30 年里,每年都会遇见三五回,只要是参会或采风,基本上我俩是同室而居。不管谁先报到,会务组会问你跟谁一个房间?不用考虑,冯新民会答:冯光辉。冯光辉会答:不要他。而后我拿到房卡会问,是不是跟冯新民一个房间?

冯新民好酒。我从认识他开始,他就在白酒瓶子面前收获着醉态。醉醺醺之中他会口若悬河,膨胀的舌头像装在时不时豁齿的齿轮轨道上,话还没有说,舌头已出口;或者话已经说完,舌头还没有收回。舌头在愚笨的伸缩之间,不时妙句迭出。"我醉倒于精装的唐朝之上""聊斋灌醉了男人""注酒的杯子正愤怒盯着/一双伸向它的手""你就把一大堆吵吵闹闹的诗句/随便加点作料/扔给我们下酒",凡此种种,都少不掉酒。酒桌上别看他口若悬河,在他无语时,镜片会放大他眼睛中对生活的热爱和夜晚的孤单。心气越高的人,他是越孤单的。冯新民即是。

一次次的省作协理事会上,他从不说自己的创作成绩,只说南通的青年作家们,一说就说到他退休。像朱一卉、李新勇、马国福、李晓琴、钱雪冰、储成剑等等名字,我都是在他的发言中听到的。有时我在报章上看到南通的作家举办新书发布会,作品研讨会,都是新民大哥一手操办的。这样的研讨,对青年作家当然是起到一个极好的推动作用。有一年我粗略统计,作为南通市作协主席的新民大哥,就为本市作家举办了五个这样的研讨会。

有次我与散文诗大家耿林莽先生通电话，说到冯新民时，耿老就说，新民离不开诗酒了，光辉，你叫他爱护身体。耿老哎，我说话他能听吗？

十多年前的一个夏夜，我已入睡。电话铃声吵醒了我：喂，你是冯光辉吗？请你到派出所来一趟。

迷迷糊糊中我听到好像说是水门桥派出所。派出所找我总会有什么事情的。因为那段时间，我正为常州公安局做着几桩事情。于是骑上自行车穿市区匆匆赶到。

我说民警我到了。

值班民警一头雾水，看看我，也看看墙上的钟：半夜了，我没有叫你啊？

是你打我的手机的啊。

今晚我们没情况，我怎么打你手机？你回个电话过去，看看谁打的。

我回拨过去，一问是南通的一个派出所。对方民警说，几个路人抬来了一个喝得烂醉如泥的人，他身上没有身份证件，躺在马路边的绿化带下，口袋里有一个手机，我看到手机上在五六个小时前给你打过电话。

南通？喝醉酒的人？难道是新民大哥？

我问，是不是大背头？南通民警也很幽默，说，如果人不醉的话是大背头。

我问，是不是戴着一副深度眼镜？民警说，不能戴了，一个脚没有了。我问，是不是脸的皮肤黑黑的？民警呵呵一乐，抬进来的时候是白的。

　　判断是冯新民无疑。我便告知醉酒人的身份。就听到民警在电话里在说，你们抬进来的是南通李白，都回去吧都回去吧。

　　民警知道我在常州，就问我怎么找到他的家人？我说请等一会。我立即打电话给嫂子，谁知嫂子到上海的孩子那里去了。也难怪新民大哥在温柔的星星下搂着白酒瓶了。

　　家里没有人。于是我告知民警，请在他的手机里翻一下，看看是不是有姓冯的。过了一会，再致电民警，民警说，他弟弟接的电话，马上来接走。

　　那晚我回到宿舍，想想新民大哥早年被丰收灌醉的诗，也想醉倒的姿势真是他生活的一部分。

　　醉卧之地，就是率性率真的新民大哥有门牌号码的诗神之地。

　　醉吧，我告诉嫂子顶个屁用。

2017.2

警徽下的弱梅岁岁开

刘峰是常州公安局天宁分局北环派出所的一个警长。

刘峰穿着人民警察的服装心中油然升腾一种天职。

当警察的都知道这样一个含义：银白的警徽是国家的朗朗天庭，深蓝的服色是人民厚重的土地。

1995年以优异成绩考入警察队伍的刘峰也深知这个理道。从西夏墅这个乡村长大的小伙子，从小耳濡目染了中国传统的文化熏陶——朴实的长辈、憨厚的乡邻、严谨的老师、丰硕的村庄，所有的一切，都使现在看到的警察刘峰，无不深深烙印出他的笑容他的肤色他的言语都与土地有关；无不深深烙印出他的感情他的善良他的行为都与人民有关。

当警察不久，刘峰就调至北环社区做社区民警。在常州，所属北环社区的区域，人员构成流动性大、地域位置重要。刘峰所在的辖区里，常住居民是2065户近万人。在熟悉了解社区工作时，前任警长告诉了刘峰这样一个事情：北环新村84栋乙单元202室的汪家，在短短的一年多时间里，户主和妻子相继去世，留下一个女孩，叫汪楠。

人在漫长的生命中走着，走着走着就会发现只剩下自己一个人。但这个"只剩下自己一个人"的境况，对于小小的汪楠来说，也未免来得太早了吧？警察刘峰就这样与初一学生汪楠认识了。

这时的汪楠，已经目睹着自己家庭一天天的走向彻底的倾斜。

从刚刚入学起，年幼的汪楠便隐隐知晓妈妈得了一种无法治愈的怪病，汪楠不知道这种病是如何得的，只知道自己的幸福随着妈妈的肌体萎缩而一道可怕的萎缩着。小学二年级的汪楠，不得不承担起诸如洗衣做饭这类的家务活。汪楠在进学校之前，就必须早早起床，将买好的菜洗净烧好，将煮好的饭一道盛在碗里端到妈妈的床头，然后汪楠自己才能够胡乱地扒几口泡饭到学校去。

长期的艰困生活，使得汪楠患上了与花季年龄不相符的胃病。只懂得照顾爸爸妈妈而不懂得照顾自己的汪楠哪知道就这个胃病，在生活的转折关头影响到自己的命运呢？而那时的爸爸因为肝腹水也住在医院。当爸爸的怎么能够不心疼出生在这样一个家庭的女儿？尤其是身患重病的爸爸，怎么能够不珍惜最后的生命时间，来尽全部的责任来照顾女儿来关怀这个家？身体稍微好点，汪楠的爸爸就支撑着病弱的身体要回家看看。有次从医院回来时竟体力不支昏倒在文化宫边上。文化宫，一个全市市民娱乐休闲的场所，然而，汪家的多少年里都没有娱乐的气氛，就连汪楠希望爸爸妈妈一家三口去一次红梅公园游玩,在她的生命里都没有过,而且永远也不会有,以至这成为她一生的遗憾,也成为她一生的希望。

汪楠在三年级时,曾在我市冶金机械厂工作的妈妈,想到自己与金属类的产品打了一辈子的交道,想以金属来结束自己的生命,因为母亲实在不忍心看到年幼的孩子为了自己如此遭罪,便以割脉要了却残生,然而妈妈要做任何事情都不能够自己去做,必须要依靠别人的。妈妈瞒家人要自杀,却没有一丝力气将锋利的刀尖刺进血脉刺进生命。自杀未遂的妈妈只能够关照汪楠,让阳台上的门开着,她说好让自己过辈的上人将她早点带走。哪怕是冬天。

说到爸爸妈妈,汪楠和所有的少女一样充满着对长辈的崇敬。汪楠说到这样一件事情:

爸爸曾在常州大酒店工作,因为肝病不得不住院,病情加重时,这对患难夫妻相互携手相互关爱。爸爸对病床上的妈妈说,你要坚强点,争取活到新世纪。

活到2000年新世纪,成为这对夫妻生命中最大的愿望。然而,年仅46岁的汪楠的妈妈,在1998年终于抵抗不住死亡的魔爪,拖了6年。终没有熬到新的世纪。漂亮而坚强的妈妈的形象,永远定格在汪楠的心中。

爸爸终于活到2000年了,可是爸爸也走了,走在儿童节的前一天。儿童节,儿童的节日。也是拥有过儿童时代的所有人的节日。然而属于汪楠童年时代的最后一个儿童节前夕,深爱自己的爸爸就撒手西去,难道这就是汪楠最后一个儿童节?难道命运就这样让汪楠以悲天的哭泣来替代她儿童节应当拥有的喜悦?

我的血型是玉树

在短短的一年多的时间里，汪楠一下子失去了爸爸妈妈。

汪楠的家庭废失了，但家园没有废失。汪楠有了自己多彩的家园。

这时北环派出所的人民警察走来了。这时的刘峰走来了。显然，刘峰的出现，似乎在为汪楠挡住了什么。具体挡住了什么？汪楠自己也说不清楚。面对遭受天崩地裂般打击的汪楠，第一次见了这个胖乎乎的警察，只知道自己好像有了安全感，有了慰藉和依靠。就如妈妈的笑脸爸爸的臂弯。

刘峰有着朴素的感情，与人为善排忧解难是刘峰的工作职责。他胖乎乎的脸，一笑，就有一种柔曼有致的抒情韵味。刘峰走进收养汪楠的姑妈家，了解到汪楠从一年级到六年级，汪楠一直是品学兼优的三好学生。自小就懂人间事理的汪楠长期生活在命运多舛的家庭，其生活上的习惯、对他人生性敏感，以及倔强的个性和自尊心，再加上汪楠要求着独自回到自己家里生活等诸多情况，刘峰向所领导汇报，并按领导的要求与汪楠结对子。至此，刘峰的生活里就多了一个牵挂的小妹妹。那时，刘峰尚未结婚，当时的女朋友、现在的妻子赵箐就十分支持刘峰的所为，并与自己的爸爸妈妈一起来帮助照顾汪楠。刘峰结婚后，这对小夫妻不光在生活上给汪楠以帮助，更主要的是对汪楠进行人生观的教育。刘峰和赵箐虽然对这个80年代出生的思维活跃的小妹妹，说不出更多的所以然，但他们知道，生存与死亡都不可怕，可怕的是激情的沦伤。

为了汪楠的读书，刘峰经常跑到汪楠所就读的北郊中学，找到学校领导陈述汪楠的情况。充满爱意的北郊中学也为汪楠减免了大部分学费。不光如此，学校还为汪楠进行了全校的募捐活动。以帮助汪楠度过生活和学习上的困境。北环派出所的全体民警也纷纷伸出援助之手，为汪楠募捐。让汪楠感到她不光是刘峰的小妹妹，也是北环派出所全体警察的小妹妹。

汪楠是幸运的是快乐的。汪楠在孤独无人时感知的恐慌与激动，都让她体会到我们这个社会家园的温暖、多彩。

今年，高三学生汪楠参加了高考。汪楠常年的家庭重担不光使自己患有严重的胃病，而且闻到什么气味就要呕吐。高考前汪楠的身体实在差，不得不病休了一个多月。进入高考期间又上吐下泻，这下忙急了刘峰，一次次送汪楠到医院并陪着挂水。想要吃什么刘峰也都是马上打电话，让赵箐的妈妈做。在这样的压力下，具有上进心的汪楠终没有考出好成绩，无奈只能够进入苏北的一个学院。

不管怎样，汪楠对得起自己了。因为她作了最大的努力，更因为她靠的是自己。

汪楠喜欢抱着妈妈睡觉，抱着瘦削的妈妈，在睡眠里丰腴着自己的美梦和畅想。现在没有了妈妈，她可以抱着自己的畅想睡觉。抱着畅想迎来清晨的阳光。汪楠从北环派出所所有的警察叔叔哪里知道，存在的人总在七情六欲中诞生与死亡，而光辉着一个人生命向往的，只能够是畅想。汪楠不缺畅想。

汪楠也从刘峰那里得知，生命的重量取决于灵魂的重量。

在北环派出所，有史德明所长和魏教导员的安排，我得以顺利地采访到孤孩汪楠和警察刘峰。

在我与汪楠交谈着时，我发现她的手指甲上有点点红印，询问得知，在她的小拇指甲上，各有三朵红梅花。汪楠说，她是热爱梅花的。因为她出生在寒冷的季节，出生在农历的1987年岁末。听爸爸说过那年大雪纷飞，也听爸爸说过与大雪相互辉映的还有梅花。汪楠手指甲上的梅花，它提醒着我，汪楠是爱生活爱生命的。似乎她的小拇指，是一片广袤的土地，从这里不但可以看见梅的高洁，也可以看见汪楠的勃勃生命。与汪楠在一起交谈的时间不长，一个热爱生命的女孩子，便足可以将其青春的心态，准确无误的印入我的世界。

我们这个时代，因年轻人而在前行。

满怀希望的汪楠静静地离开常州到苏北的学校去报到了，静寂无声却飞流有韵，高扬着一个警徽的雄浑底蕴和一尾悲壮有加的动人故事。

警察刘峰其貌不扬，却有一番心灵的高洁，其形不张，却别具一种警徽的崇高。

在北环派出所在警徽下，我才知道，汪楠与梅，警察与梅，都属一体。警徽下的弱梅，照样岁岁盛开红梅花。

驹井达二

春节，是一切离乡人回家的节日，也是想家思家的节日。

于是乎，远在各地的同学能回家的都陆续回家来了。一年一度的同学聚会便成为我们在春节期间最欢闹的时刻。今年自然也不例外。较往年的春节相比，今年似乎更热闹了，因为研究日本语言学的卫卫同学今年带回了一个日本友人——一位84岁的日本老头。准确说，是日本老头跟随他的中国老师来到金坛的。自然，我们在酒宴上就多了一个出彩的话题。

卫卫同学是我们同学当中的骄子，担任北京语言文化大学语言研究所副所长，还任着日本关西外国语大学国际语言学部教授。在日本，卫卫带了对中国五千年文化心向往之的许多学生，男女老少一大帮，从鹿儿岛到北海道一大群，这个老头就是其中之一。席间，卫卫介绍说他叫驹井达二，来自大阪，家有老妻及一儿二女。

我的血型是玉树

驹井达二于1937年随父亲在抚顺办工厂，直到1945年被苏联红军押解西伯利亚，1949年才回到日本家中。卫卫说的只是驹井达二的工作年表。

其这段特殊年代我们不再追根究底，因为卫卫说了，驹井达二面对那段历史不肯说。不肯说不等于不想说，不想说不等于没说过，内心的痛楚不可以随人触摸，我们只是想把中国春节的欢乐带给老人。

我们频频给驹井达二敬酒，精神焕发的老人很有礼节地饮用，并赞赏金坛厨师烹饪的好菜，说如果在日本，按金坛的价格是吃不到这样的菜肴的。

最热烈的气氛也是老人营造的。酒过三五巡，老人从小包里拿出一张小纸片，用汉语声情并茂地读着一段关于友谊和感谢的话。卫卫在一旁小声说，他光在金坛都读了四遍了，这张小纸片在日本他就准备好了并反复练习，老人从70岁开始学中文，毅力非凡。老人读完，我们热烈鼓掌——为日本老人对中国的热爱，为日本老人对汉语的精诚学习，也为日本老人那结结巴巴的如唱山歌的认真、幽默和风趣。

宴席中，老人时不时端着精致的录像机，围着圆桌拍，他说要把中国一个热闹的春节带回家，并非常羡慕我们同学亲密无间的友情。临桌一位有点年纪的人认识我，悄悄对我说，怎么看，都像是在拿着望远镜在窥视我们的大好河山。

无疑，被人侵略、被人宰割的痛楚，中国人在任何时候是忘不了的，好在中国的人能忍，宽容。

作为青年时期的驹井达二，作为工人，曾在我国东北度过了八个春节。而84岁的春节，我想他也不会忘记的，也是值得怀念的。因为在陪同他的同学里，葛荣金的父辈、于志强的父辈都在战火纷纭的抗日战争中，与鬼子浴血奋战过。而我的作为新四军地下党的爷爷，竟是身中七枪死于小鬼子的枪口下。今天，抗击过小鬼子的后辈与小鬼子同时代的日本老人共聚一桌，聚在中国一座小城欢度新春佳节，我们端着酒杯给老人祝福，有的祝老人健康长寿，有的说欢迎明年再来，作为曾是中国优秀军人的我，也对老人说：朋友来了有好酒。

当然，后一句我不会说。

我的血型是玉树

台湾岛上一滴运河水

清明时节的大运河水，总在粘稠住人的沉沉思绪，启示着人的千种情思万般际遇，让人在清明雨、菜花黄、桃花红组合的大中华的特殊时节，面对潢潢运河水，尽情诉说内心深处久远不绝的天籁。

有位老人就在这个时节，走在常州郊外一条纤细的小路上。

小路的尽头有老人梦萦魂想的大运河，还有老人梦萦魂想的亲人。五十多年前玩耍时走过的乡间小路，没想到今天重又走上。一百米的小路啊，老人一走就走白了头发。

老人是教书的，教国语。老人教书的中山大学的所在地方，在什么样的地图上都能够看到，很瞩目的。因为那地方像是大运河里滴下的一滴水，就这么久久的挂在那儿，永不枯竭，永不干涸。

老人是来凭吊的，凭吊埋在大运河边的十几位娘家亲人。坟茔上的土是新的，墓碑上的字是鲜红的，老人恭恭敬敬炷上香，老人恭恭敬敬献上花，老人恭恭敬敬朝着坟茔鞠躬，拜谒在天之灵的长辈。

当老人低头默哀时，陪同前来的同样在这个村庄里走出来的一位青年诗人，就从老人飘逸的银白头发里，吟出他写的一首脍炙人口的诗——

小时候／乡愁是一枚小小的邮票／我在这头／母亲在那头／／长大后／乡愁是一张窄窄的船票／我在这头／新娘在那头／／后来啊／乡愁是一方矮矮的坟墓／我在外头／母亲在里头／／而现在／乡愁是一湾浅浅的海峡／我在这头／大陆在那头

大家也就都知道老人的名字：余光中。

外婆是运河边上的人，妈妈是运河边上的人，妻子是运河边上的人，余光中也就把自己当作是运河边上的常州人。在没有大运河的台湾岛上，余光中怎么能够不惦念这条与亲人的血脉连在一起的河流呢？余光中拜谒完先人，就脱了像标着地球经纬度的横一道线竖一道线的厚实衣服，与青年诗人一起走在运河大堤上，他生怕厚实的衣服会阻碍自己的心脏与大运河的一起搏动。大运河，在一老一少两位诗人的面前湍流不息，闪闪发亮。

这运河的流向是朝着哪面？余光中问。

青年诗人回说：运河是向东流的，前面是湖，湖的前面是海。

我的血型是玉树

余光中沉重地接着说：海的前面是岛啊。

一句话说得只有他自己能够听见，有谁知其思乡的痛楚呢？有谁知其人生路途留下的那些情感灰烬会时时复燃呢？

不见到运河是惆怅。

见到了运河还是惆怅。

面对运河，余光中对同住过一个村庄、同喝过一条运河水、同样以诗歌的形式在抒发心灵之声的青年诗人说：就像小时候在运河边捉迷藏啊，有的小伙伴躲到茅草丛中，有的躲到竹林里，等我睁开眼，小伙伴们却是不见了，等我真的来找时，已经物是人非了。一辈子的颠沛流离，运河里凝结的乡愁成了余光中挥之不去的情结。那时的余光中只有19岁，正是长血脉长思想的时候，他在运河边汲取了血液和营养之后，在流浪的许多艰困日子里，都以独有的力量与精神，向着贯通天日的地方走去。

今天的余光中，终于实实在在地站在充盈神韵的运河边，他不是一个外来者。

凭借浑黄而睿智的大运河水，他在审视自己的命运，他在接近自己的灵魂——在运河边的老屋里，他掀开井盖看着清冽冽的井水，说这一井水扩大一万倍就是一汪日月潭啊！他摸着老屋的墙，一阵尘埃在指间随风而落，说这如何盖得住五十多年的乡愁啊！他端起运河水泡出的茶，不忙喝，只是深情地闻着，说我闻到了这熟悉的血统气味啊！他凝望着横跨运河两岸的洽盛桥，久久不忍离去，说这座桥要是横跨在……余光中说到这里便不再说，声音开始哽咽了。

诗人之所以是诗人,因为大运河是他的人生教科书。在清明时节,余光中就是以诗歌的形式来到大运河边的,是作为运河的情人向运河表达乡愁心曲的。余光中是属龙的,他走在运河穿城而过的龙城,享受着与家人在一起的亲情,历数着常州的人文历史,赞叹着常州飞速的发展。他以为常州的灵魂就是大运河,依水而生依水而居的常州,就会在今后的发展中,展列出浑雄深湛的蓝图。

在市作协组织的座谈会上,有人问余光中,如何看待祖国统一问题,他知道窗子的前方就是流淌不息的大运河,说:我相信,泱泱中华文化总会发挥它的震撼力和向心力的,不要为了五十年的政治,抛弃了五千年的文化。

回到台湾,会想大运河吗?

怎么不呢?在台湾,只要我不走,我就是一滴大运河水,这滴运河水,会蒸发成漫岛的甘露,思乡的人只要轻轻伸出舌头,一条古运河的甘霖,就会流入心田的。

诗人余光中如是说。

2002,清明

我的血型是玉树

唐山大妈

生活在空气清清、河水甜甜及阳光煌煌下的我，天天所见天天所闻的事情，会在天天遗忘并继续遗忘。

这是岁月的必然。

然而，我生命中的一切触动和激动，便叠成人生的厚重回忆，那是怎么也忘不掉的。

七月，对于全中国人，不不，对于生活在地球上的整个人类来说，是不该忘记这个月的 28 日，中国一座叫唐山的城市所发生的一次生死嬗变。

又到了三十年后的七月，这使我深深怀念起那位唐山大妈。

那年冬天，部队驻扎在唐山郊县的丰南，我们工作班的房东是一位五十多岁的大妈，我们从没有问过她叫什么名字，只是村里老老少少唤她端木大妈，我们也就跟着叫端木大妈。她家有个傻儿子，十五岁，用大妈的话说，家中圈养了一头猪，还圈养了一个傻儿子。

进村之前，部队有过规定，不准随便向老乡问及地震时其家中所发生的事情，免得勾起老乡伤心悲痛的泪。所以我们班的四个人，都是很热情又小心翼翼地与大妈一家相处着。

到了1978年的春节，部队要求以屋为单位，宴请各自的房东。年三十我们是就着饺子大葱喝酒。

大妈说，文书，你是哪里人？

我说是江苏人。

大妈问司号员，司号员说辽宁人。

大妈又知道卫生员是武汉人，保管员是内蒙人。

大妈说，你们四个人是四个地方来唐山的，以后哇，你们管我叫唐山大妈，行不？

保管员端起酒碗立起来就喊唐山大妈，行！

我们都晓得保管员是内蒙草原上来的，舌头爱打转转，喊端木大妈，就喊出了特勒木大妈。

唐山大妈这一喊，把大妈喊得泪水汪汪的。

大妈说，她家原来有五个儿子的。地震中，四个完完整整的儿子都死了，却把个原先就傻的儿子留了下来。大妈喝着酒，长叹短叹地把家里遇难的人如数说来，说得我们都陪着大妈掉泪。

自从年夜饭后，我们都情不自禁地将自己放在了属于大妈儿子的位置上。家里的事情都由我们干不说，连庄稼活计也由我们包了。

令大妈伤心的事情，是在一年后发生了。那时部队换防，要离

我的血型是玉树

开这片流血流汗的唐山大地,谁都不忍心去跟大妈说要走的事,那一晚,我们盘坐在炕上大眼瞪小眼的。

很晚了,大妈才串门回来,进了院门大妈就喊,江苏文书,我请你个事儿。

我回道什么事情唐山大妈?我刚要下炕,唐山大妈撩起门帘进来说,你毛笔字写得好,给我写个32吧。大妈就把一张日记本大小的白纸递给我。大妈家需要做什么事情,我们都明明白白,白纸上写个32,倒探不明大妈派什么用场的。

大妈拿过我写好的数字转身走了,在门帘晃荡的间隙里,我看到大妈在抹泪。

再沉默下去也不是个事情,早晚得告别。我们整理好军容就来到大妈的屋里,见大妈在摆弄日历,我就疑惑。

大妈说,你们要走了,一下子全走了,你唐山大妈啊,会像想念四个儿子一样想念你们的,我的老大是江苏文书,我的老二是武汉卫生员,我的老三是内蒙保管员,我的老四是鞍山通信员。大妈说到谁就摸摸谁的领章帽徽,那神情,就像抚摸她的儿子一般细心。大妈说,你们走后,我怕见到日历上的28,就把那一张先撕掉,把32贴在31的后面,七月里也就一天不多一天不少。这下才明白,大妈要我写32的原由。我们一直围坐在大妈身边,把唐山大妈叫了无数遍。她的傻儿子也没有睡,坐在炕角看我们,就高一声低一声的喊:俺哥俺哥!

早晨的太阳,是在唐山大妈的傻儿子的喊叫声中和我们的泪眼里升起来的。

紫金文库

我想去喜马拉雅我想去冈底斯

在《影壁》这个小说集里的篇什，都是我写于20世纪八十年代到九十年代初期的文字，有的发表在那时期的《萌芽》《红岩》《雨花》等刊物上。那时我只是偶尔写点小说，主要还是进行诗歌写作。与所有的文学青年一样，在新文学时期开始就狂热的爱诗写诗。因为那时的我已经在1979年到1988年的十年间，独自走完了内蒙古高原、黄土高原和青藏高原的一半地域。无论是自然环境还是民族习俗、民众的生活状态，都让我开拓了眼界，丰富了知识储备和文学准备，有了一个广阔的思考空间和写作空间，更主要是让我的精神层面得到了洗濯和提升。我不必用猎奇的志怪的手段来组装我要告诉读者的事情，也不必用虚假的离谱的词汇组合来叙述事件以招徕读者。在那奔走的日月，我从这个营子走到那个堡子，从这个包走到那个庄，从这个草甸走到那个山口，从这个沙地走到那

我的血型是玉树

个山系,尤其是两度在青康藏高原奔走四个月后,回到我的江南小屋,我便专心写着诗歌。我的拙诗《威风锣鼓》获得1991年《诗刊》优秀诗文奖后,我暂时将小说写作打成一个包裹寄放在心里的一个空格内,以青康藏高原中的巴颜喀拉山为主题的诗歌写作成为我的写作主体。内蒙古高原上的羊毛毡裹着木骨架的蒙古包、吱吱呀呀的勒勒车、草原深处大片死去的羊群;黄土高原里的土塬和水窖、春困中的马套子庄和马拐爷们、那时的庄子是否被现在的沙漠掩埋?至于青康藏大高原上的阿尼玛卿冰山祁连山冰川、巴颜喀拉山里各种祭拜的舞蹈、鄂陵湖的阔大宁静、被喻作鬼门关的花石峡六月雪、红军沟口的那群藏人、班玛的天葬、藏人居住的碉楼和他们登高的脚梯、我为大沱河部落的尕娃们做的那面国旗是否还在土屋上飘扬?昆仑一线的兵站,还有那些令我震撼的无法数清的永昌红军坟,还有差点吞噬我的沼泽,还有那匹老马,还有那只火皮袋,还有那条麻尔柯河,还有插在知钦山山坡上的半个月亮,还有那长头糌粑寺庙青稞酒以及我的那曲、海西、玉树、果洛的藏人好兄弟,更有那些从大地震的废墟里爬出来的首长战友和唐山百姓。这铭心刻骨的场景、事件、物品,都随时间的冲刷而积淀在我的记忆中,鲜活的人事,都与我的生命同在。

有一个真实的场景我不得不说一下。

1995年11月16日西宁到上海的168次列车上。这次是我第二次上青藏高原,我的主要任务是当通司(向导),与画家江可群、言亢达和摄影家季立果一起穿沟壑走高原。记得我们刚刚从昆仑山口那边下来。可群先生有着领导职务,他必须和季先生一起先期回常州，而我和亢达兄折身转进有着雅丹地貌的坎布拉山继续我们的奔走。卧铺车厢里，可群先生对面是一位年长者，在寂寞单调的路途上，年长者便听可群先生说起了昆仑山沿途所到之地。年长者听后平淡地说：哦，小山，小山，只是昆仑山长了点。年长者是在大山里奔走了一辈子的地质学家，他继续说：你应该到喜马拉雅到冈底斯去看看，那才是大山。可群先生激动地将这次路遇告诉了我，我听后心里震颤。如果当时是我面对地质学家，我肯定会不无骄傲地说着曾经到过的大山——阴山、北山、祁连山、阿尔金山、青海南山、巴颜喀拉山、阿尼玛卿山、大雪山、布尔汗布达山、昆仑山、可可西里山、念青唐古拉山。我虽然走过了这么多的大山，但在这位神秘的地质学家看来依然是小山。我真正的走入过大山么？真正的走入过文学内核么？我就觉得地质学家是我的通司，就想依着通司的指点去喜马拉雅去冈底斯，去泱泱民众里的"喜马拉雅冈底斯"。

我将走过的高原山系和民众生存融通为一体，让它成为我的精神滋养和写作母土。

我是需要生命的方向的。

随着诗歌写作的延伸，我已经感到自己处在诗歌语言的落后期，再则，让我怦然心动的事件或人物，总感觉用诗歌语言无法表述，诗歌的表现形式似乎过于狭隘了。我亲身经历的生活是丰富多彩的，它积淀在我的心灵。这种积淀来自民众喋喋不休讲述生活的窘迫与欣慰，讲述困惑与希望，我深知生活永远是文学创作的灵魂，一个写作者，只有把自我放逐到普通民众中，牢记民众的喜怒

我的血型是玉树

哀乐，扩展升华自己的良知与胸襟，方能为自己的才情寻找到真正的价值根据。于是我站在应有的冷静、客观的立场，经过积累、思考、总结和典型化，重新踮起脚尖，高高取出寄存在我心里的小说写作的愿望，重新在自己小说写作的母土上萌芽。

我知小说的表现与诗歌一样，是远远跟不上民众生活的。生活远比想象丰富，比诗歌精彩比小说精彩，就像我居住着的金坛小城和城里一个叫西轿巷的地方。随着城市建设，古老西轿巷的巷貌几乎不在，但先人铺设的西轿巷麻石，其根基已经铺设在我的血脉中，我不会轻浮地忘却西轿巷的精彩，不会轻浮地忘却高原的精彩。不会轻浮地忘却一路经历和目睹的精彩。我的生活内核在民众中间，在民众中汲取生动鲜活的素材和细节，使我的写作更好的贴近生活、贴近实际、贴近民众，而小说形式上的技巧会全部消失。知道了这些，我会努力的。再则我知道自己在小说写作上还有许多毛病，譬如在处理材料时有点分离，譬如有的篇什在整体上的情节设置不是很协调，叙述上也显得不太合理等等，这些都是我在出版这本小书时发现的，如果不出版这本书，我依然蒙在鼓里，想想实在汗颜。没有关系，我将有着毛病的小书放在我的眼前，以后写作时就会努力写得更好一点。

我的这本小书的序言部分，是我的九位诗友写的。这群诗友有的是相识于20世纪七八十年代初，当时浓浓的诗缘友情一直延续到今天。他们都是非常好的作家，也都是有才华的诗人，他们一手写着诗歌一手写着小说或随笔，他们的优秀作品在广大的读者中传诵着。请九位诗友为我的这本书写序，意在将他们的优秀作品成为我书桌前的一种鞭笞，成为我写作上一种潜在的动力，因为我想去喜马拉雅我想去冈底斯。

谢谢九位诗友的鼓励辞。

悄坐善卷洞我思想一个人

在一个万千雨珠擦磨得山明水秀的清亮雨日，我站到了善卷洞前。

这天的雨珠，竟然将我的心磨得与明山秀水一样，一层社会淀入的污垢与浮躁被磨却了，如雨珠剔透的殷红的心，悬挂在胸骨下，成为我最初最洁的人生标志。

雨天之中，渗透万物的清冷亦使我心趋于冷静，之后，我没有跟随导游小姐游走。若随导游，她准定把我导入《涅槃经》，让我去摸大象的臭屁股。

我不是盲人。

更不盲内心思想。

我和赤裸裸的心，已一并站在了洞口。

站在了夜与昼的交界处。

站在了海平面与海拔高度的临界处。

站在了一个死者之日。

站在了一个生者之时的接力区。

凭借这种心境,入洞后,我择定一方濡湿的石阶悄然坐下。这排石阶,上,可攀上洞;下,可潜下洞。四下的游客,鱼一样都随导游游走了,一种寂静和在寂静中滴笃作响的水声猛然包围我,要不是几盏彩灯的存在,我真像是沉融到海水刚刚退却的一百万年前尚不名善卷洞的溶洞。

坐在石阶上我朝洞外凝望,那里一团白亮,就像悬挂天地之间的银幕。一部黑白电影,便从中国的1925年甚至更早的时候,开始放映。

银幕上,一位胡须飘飞的先生向我走来,我喊出他的名字吟起他的故事——

哦,储南强!

我坐着的地方,在两万万年之前是大海的海底,随着地壳运动,大片的海底

像太阳勃勃升上海平面成为陆地。善卷洞的地质,归属沉积岩,岩石经长期风化剥蚀崩解为碎屑再经水、冰、风的搬运,在陆地表面堆积,在漫漫岁月中胶结压实。

那么,清正廉洁、社会称其贤能的储先生,作为农历辛亥年之后第一任宜兴县县长如何在历史的胶结压实中,摆脱繁冗的杂事摆脱官场的纷争,以一根筇,一根瘦筇来指点自己丰满的人生江山呢?

还有,在任何一位地质学家那儿都可询问到,计算善卷洞形

我的血型是玉树

成年数的公式，善卷洞是距今一百万年的绝对年龄。那么，作为诗人的我，又不禁会问：有一块叫储南强的岩石，又如何计算他的年龄？虽然他不能活到一百万岁，仅仅八十有三。还有一种叫精神的，在储先生心中结晶生成后，今天的我们，又如何在这座矿藏中开采点什么？

我悄坐善卷洞中静静遐想。似乎看到一个人并不静谧的一生，看到一个时代一个国家

孱弱苍贫的背影。悄然处，从我背后广阔无垠的地平线上，一声声从辽远之地传来，铁锤钢钎的敲凿声，可以清晰听到。伴随一记记有力的悦耳清脆的敲凿，有搬运号子在吼，有打夯号子在喊，有农事号子在吟，有挑担号子在叫，也有"也么哥"的民歌在唱。

这些劳动人民创造的号子和民歌滋养着他，乃至他生命中滴答滴答的时间，便是与凿洞的声音一并提示自己，迎接——思想的解放。身心的解放。时代的解放。

善卷洞，对储先生来说，举足轻重。对宜兴来说，举足轻重。举足轻重一百万年的善卷洞呵！

江南的洞穴，在时间的长廊中，很容易形成文化的堆积。

善卷，四千年前唐尧时代的一位逍遥先生，为避舜禅位到此隐居因而得名，之后，再让人添上一个"洞"字，就使得这个洞穴很有分量，很厚重，含意咀嚼不尽。

1876年的宜兴土地上，一位呱呱落地的婴儿，在这个咀嚼不尽的文化层中出生了。他叫储南强，名铸农，号龙岩居士。少年中秀才，成廪贡。辛亥革命后为宜兴第一任县长（当时称民政长）。他

用私蓄大办县内公益事业,凡可摩崖之处,刻上名家绝唱;修牧之水榭;整修善卷洞;

储先生的经历就是如此这般。

公元1925年的中国,满目疮痍。

公元1925年的储先生,精神飒爽。

一个国家的落难期,正是一个国家仁人志士的先锋期。储南强在离宜兴五十里的善卷洞竖起了五十岁的人生坐标,给自己的生涯,创立了厚重的基石。

作为逊清遗老,又是宜兴县长,储先生于宦海中沉浮成就一双炯炯眼睛,看多了旧中国官场的腐败无能,官是什么?屋顶下老百姓的两房男女厕所,唯有寄情于山水之间,才能书写心史。于是,他登报申明,辞去县长之职,谢绝世事,这在当时无疑是滚滚惊雷。

悲壮的离经叛道呵!

重新塑造的信仰,深藏于储先生的申明里。他入山隐居,要把蕴奇蓄异的善卷洞开发出来,

并且带着爱女作为自己儿女情长的情感驳岸,义无反顾地驻扎在善卷洞。

谁也没有任何理由,怀疑储先生的果敢决心。决心就是决定,决定不是酩酊时的胡言,不是酩酊后懊恼,决心一旦定下,相随而至的工程事项接踵而来:资金的筹措;地盘的购置;人力的调配;洞景的保护,一切的一切,都不能阻碍储先生在凛冽的天风中厚重地拉开洞门。

因为,他在体察这个洞口这方山体之前,就已经拥有了开掘

善卷洞独有的力量与精神。其实，当他不再以县长的官衔站立洞口时，他已经获得了自己超越的灵魂。

善卷洞的入口，处在中洞。

中洞，是一个天然大石厅，可纳上万游客。这里入目的，尽是高悬的异石，倒挂的奇峰。石厅两边，屹立着一对形似青狮白象的巨石，往上洞有云雾大场恍入天宫，往下洞要过四重石门而抵达水洞，一池地下溪河长百米直至岩壁上出现"豁然开朗"……

所有介绍善卷洞的游览丛书，都是挑尽天下最美的汉字来介绍的。在这个意义上说，善卷洞，对于宜兴的旅游文化愈显宝贵。

我们知道，那个时候善卷洞的上下本不相通。若要上下洞相连，必须下自洞腰向上凿，上自梯口向下凿，要多少年才能凿穿？凿工不知道，储先生不知道。但储先生知道，洞洞不相通的话，善卷洞，仅仅是停留在洞穴的层面，倘洞洞相通，那便是丰富多彩的山川世界。

储先生果断择定，凿通上下洞穴，毋论多少年！

五十岁的储先生，是灵魂成熟的年龄。

这种成熟，体现在对事物对人生的丰富性与深刻性上，处在这一真性真情的储先生，或有意识或无意识拥有了一条通向大境大界的至珍之路。五十岁的储先生，看见了执掌的第一根钢钎插入自己的设想规划，直到六十岁的储先生从下洞走到中洞走到上洞，又从上洞步入中洞步入下洞，他来来往往重重复复走着，他无法不来往重复着。无法。

我想，在他兴奋的神态之下，不会借助藜杖来回走这一段路，也不需爱女和任何人搀扶。

每行一步，他都会聆听内心深处久远不绝的天籁。

洞外渝茗说善，洞内弃筇论十年。

信念的十年辐射，浑凝成上中下连通的洞穴。十年之后十一月的秋日阳光下，开创宜兴旅游事业先河的储先生，神采飞扬地走过洞前广场，走过彩牌楼，千万双目光注视着善卷洞在储先生铮铮双手中开放。

我想，作为县官的储南强，如日中天行云流水的事业中，选择开掘善卷洞，无疑，这是幸福的事业，这是开明的举止。走到这一步，也就逼近了自己事业和生命的极限，无论上洞还是中洞下洞，石壁上处处都有一点一滴聚积的石乳。在我看来，当是储先生心血如烛泪般地粘在善卷洞壁上。

善卷洞的开放，是他生命极限的迸放。我又想，储先生的典籍连同红红红红的稠血，连同硬硬硬硬的骨骼，都是属于善卷洞，属于囊括生命全部内容的江河山川。

我依然悄坐在石阶上，这溜105级石阶，就是储先生清瘦竹筇一笃十年的地方。一百万年之前的海水，依旧在壁岩上流淌。

我思想着，储先生在宜兴官府门外深沉的仰天感叹；

我思想着，储先生在善卷洞里洞外凝重的人世感慨；

我思想着，这105级石阶，它是储先生走向精神炼狱，走向温柔天堂的壮阔之路，是储先生赖以洞察人世的阶梯。

石气清人骨，

我的血型是玉树

松涛怖客魂。

何当随惠远，

粥鼓共晨昏。

一首清代宜兴诗人的诗，活脱脱描述初入洞的游客被壑外岩崖松涛所惊叹，被壑口瀑泉飞泻所惊叹，被洞中泉水击碰钟乳岩的气势所惊叹。此时的我，默默吟着这首诗，不禁被储先生的举动所震撼。善卷洞在岁月的进程中变化，或自然的变化，或人为的变化。但储先生的壮举和英名总是挂在人民的心上，在人民心上，一代代传下去的英名壮举将是不朽的，永恒的。我庆幸，储先生与善卷洞一样，齐名长寿。

到过善卷洞并记着善卷洞的游客，很多。

到过善卷洞并记着储先生的游客，很少。

这不足为奇。游善卷洞并在行将结束游程时，有几人能在遒劲有力的"豁然开朗"崖刻前，

被经过黑暗涂抹双目后能看到第一缕光明的提示？得到一种连接人文探寻的益处？

其实，善卷洞已不单单是一处大自然留下的洞穴风景。它，已涵盖了实实在在的人文精神的宝贵价值。豁然开朗，是善卷洞也是储先生给予我们的不同凡响的神谕。

豁然开朗呵！

我曾在善卷洞，瞻仰过一尊储先生的紫砂塑像，遗憾我没能在1876年前后出生，无缘结识储先生，无缘领略储先生的人格魅力。

他布帛蔽粟，胡须齐胸，一双超然的眼睛尽显沧桑，在灯光的辉映下其无冠无冕大彻大悟的神态，让我感到他是一位隐士，一位豪杰，一位智者，一位高人，浑身散发的，依然是勃勃的曩年，以及流畅贯通的灵气和骨气。

似乎是储先生牵着我手走遍了善卷洞。

我始终没有发现，储先生在哪处显眼的洞壁，凿下可以传世传代的红漆大名。中国，大有人喜欢在石壁上镌名刻姓，更喜欢将大笔在要道或门楣殿柱上题诗作句，以求得与自然共存永生。然而，储先生没有做这种蹩脚下流的事。开掘善卷洞的规划由储先生制定，资金由储先生倾出，在太阳最先照亮的地方留下姓名也是该当。但，储先生没有违反自己的人生准则，他惦记着纯清的善卷洞，惦念着纯清的大自然，生怕败坏雄山丽水的朴素原色，更是以责任心很强的平民意识，给后代留一份完整的石钟乳、洞壑、岩崖组成的自然遗产。

储先生有一位好友，曾参加过环球旅行的老教育家侯病骥，在游览善卷洞之后对储先生说：

> 比利时之汉人洞，法兰西之里昂洞，以通舟著称，而不能如此洞之嵌空玲珑。窍穴穿透，纯然石壑，四壁无片土，一舟欸乃，如游娜環，天留此美，以贻震旦之骄子哉。既然对善卷洞，有如此之高如此之美的评价，储先生怎敢随意多出一凿一斧？

我的血型是玉树

我悄坐在洞中，储南强的名字已被品质之凿人格之刀，镌刻在我的心壁。深深地。

一日，齐梁著名的思想家陶弘景从隐居的茅山，来到善卷洞游赏。当陶先生面对善卷洞，蓦然发现善卷洞的天地造化与善卷洞人心原为一体，境随心转，心随物化，除却物欲的陶先生则得自然之趣，于是，他一挥手掷下"欲界仙都"四字留给善卷洞。

欲界仙都，无疑是跨越一切界限的永恒史诗；无疑是超脱一切浮躁的永恒壮丽。从陶弘景到储南强，间隔着不能省略的一千四百年的历史尘埃，分别为着内心神圣的一炷信仰，分别为着瑰丽的理想世界，分别以彻彻底底的独自一人的举义。

一位隐居煮粥做学问，一位辞官开发善卷洞，两人在思想上的不谋而合，使心灵的构建在欲界仙都的宗旨下，让一方溶洞具有了哲学与美学的价值。

陶弘景也好，储南强也好，当他们发现自己的人生位置，就实现他们想要做的。今天的我们，同样能够发现自己的人生位置，却万般无奈，不能实现自己要做的事，为什么？走不出欲界。

山，有了高度就有山的精邃；洞，有了深度就有洞的境界。

善卷洞，在宜兴甚至于在中国的地图上，可以轻易找出它的所在位置。可是有谁能找到储先生的所在位置？又有谁，能找出自己在欲界仙都的位置呢？

作为激情涌动而又冷峻深沉的诗人，写到这儿，我不能也不敢再向前追踪储先生的踪迹了，我的肃穆炙烫的面颊，翻滚着伤感的眼泪，这，就足够了！我的冰冷挺直的脊骨，根植在石阶予以的触痛之中，这，就足够了！我的涌起赞歌的内心，荡漾起深沉的敬重和亲切，这，就足够了！洞中的黑暗，因储南强的血色大名而显出亲情暖意，我身心融尽，无言的思神，随着幽暗而越发明亮，眼前的幽暗和我已经出现了一种深深的默许和友谊。

我忽然有一个念头，极想在善卷洞中倚寒凉的洞壁坐上一夜，觉得这样可能会有什么奇迹发生。倒不是期盼像阿里巴巴喊声芝麻开门能见到遍地黄金，只恳求在梦中能幽会储先生的魂灵，领略到欲界仙都的大境大美，领略到来自先生的指点和秘传。

是的，任何一位摒弃欲界的人，做出的平凡事都会让人感动，都会让人铭心刻骨。

我默默向洞外走去，各式各色的洞灯，在黑暗中均如五月的鲜花绽开。在斑斓的光团中，我仿佛看一尊生命旺盛的血肉之躯，仿佛看到飘逸的长布衫和大胡子显出的一种壮美。走到洞口，洞外已经比洞内还要黑暗了。飘飞的雨雾，让我感到时间也变得轻飘飘的。洞的一边，万事万物在飞快地流逝似过百年，一个崭新的城市正在崛起；洞的另一边，1934年11月的储先生，正在善卷广场的正修开游典礼上威严地讲话：斯洞，非特不应为私人所有，直应为国家、世界，所有！

面对储先生，面对善卷洞，面对漫漫雨雾茫茫苍穹，我当说——

伟大的，不在最大处；

崇高的，不在最高处。

1999.10

我的血型是玉树

张枣的苏州评弹

我的手机在昨天夜半忽然闯进来一条短信，是诗友发来的——张枣昨在德国辞世，享年48岁。当共哀悼之。

这样一个消息太让我惊愕了，他很年轻，和他的诗歌一样的年轻啊。起床上网，果真是一条条消息列满屏幕。

张枣，1962出生湖南，当代著名诗人，是德国图宾根大学文哲博士，曾长期寓居西方，从事世界文学的研究和教学工作。谙熟英语、德语、法语和俄语。翻译过里尔克、泽兰、西尼、夏尔等诗人的作品，并主编了《德汉双语词典》。曾任欧盟文学艺术基金评委和"当代中国学"通讯教授。后居北京，任中央民族大学文学与新闻传播学院教授，在国内出版的诗集有《春秋来信》。有评论认为，张枣的诗是传统诗歌与现代诗歌的完美结合，他从诗歌的抒情源头上继承了"风、骚"传统，并将这一传统完美地展现在当下的语境中。

"我四处叩问神迹,只找到了偶然的东西。"这是诗人张枣的诗句。3月8日凌晨4时39分,他在德国图宾根大学医院因肺癌去世,享年48岁。证实这一消息的人是张枣的弟弟张波。张枣从发现肺癌到去世,时间只有3个月。

有一年我们去苏州参加"三月三诗会",是到昆山淀山湖度假村报到的。多多、柏桦、潘维、臧棣、张枣、树才几个来的早,因为我们都没有来过,分到各自的小屋后,就发现后门外是连着各个房间的阳台,而离阳台不远的是绿油油的植物围成的,当作围墙,我们都想看看植物外面的乡野,据说植物那边就是淀山湖,就纷纷趴站在栏杆上。臧棣个高,看的最远,他说外面什么也没有。张枣回说你糊弄我们,我上来看看。张枣也就孩子一样的站在栏杆上,当的确看到外面是空旷的乡村时,张枣就手搭在额头上作,一只脚盘在另一只脚上,装悟空眺望。多多见了,说,下来,危险,摔哪儿了给人家添麻烦的。我们大家都敬重多多先生的,也就不再站立栏杆。反正会务上会安排我们参观美丽的淀山湖。

隔天的晚上,我们在苏大参加"三月三虎丘诗会·中外诗歌朗诵会",张枣朗诵了他自己的作品。

诗会安排我们参观苏州的风景名胜,我不知道张枣之前来过苏州没有,他对江南对苏州的许多东西很好奇,尤其是我们被安排在一个茶馆里听了一段苏州评弹后,我问坐在同桌的张枣,听懂多少句子?他直说没有听懂一句,但一个劲地说很好听很好听,唱得好听我就不在乎是什么内容了。老车就过来说了唱段,并将苏州评弹这个曲艺形式作了简要介绍。

我的血型是玉树

组织者催促让我们加快点步子,去参观下一个景点。

可是张枣却对小小戏台上演绎的苏州评弹很感兴趣,就独自走上台,也坐在男演员坐着表演的椅子上,腿又跷起来,说,下面张枣唱评弹。自己说完了乱唱一句,我们都没有听懂。他说没有听懂就是苏州评弹。张枣哈哈大笑,喊,光辉你帮我照一张演出照。我帮张枣照完了,多多打趣地说,张枣,你如果坐在女演员的位子上开口唱,或许就能够唱出评弹来了。

我们都大笑。

2010.3.9

走在里下河的路上

这些天的阳光非常的明亮,我独自走在里下河区域就特别的惬意,看丰腴的河道细细的田埂,看淳朴的乡民秋日的稻谷,看多彩的戏文深厚的民歌。每次走进既陌生又熟悉的地方,就如我几十次的走在皖南山乡,有种亲近。因为在我生活工作的那地方,"喜看稻菽千重浪"的江南鱼米之乡已经绝去。就近要看的话,也只有来里下河去皖南了。我时而沿着大运河的河堤走,在高高的白杨树下走,时而沿着里运河走,在横纵交错的天垄上走,走着走着,我总感到走进美丽的《柳堡的故事》里了。

这里是革命老区,也是历史文化丰厚的地方,淮安、宝应、高邮、兴化、盐都、建湖,西起里运河,东至串场河,北自苏北灌溉总渠,南抵通扬运河,在这个总面积达 13500 余平方公里的地方,是我们江苏沿海江滩湖洼平原的一部分。因里运河简称里河,串场

我的血型是玉树

河俗称下河,平原介于这两条河道之间,故称里下河平原。海平面高的地方是 4 米,最低处也只是 1 米,是江苏地势最低的地方。

里下河真是好地方,就如刚刚在我们眼前消失的江南水乡。当然也害怕过一次。记得十年前走里下河的那次,出发时我没有好好地关注天气,在兴化与高邮交界的一个叫临城的乡村,遇上了几天的暴雨,这锅底一样的凹地大水漫漫,很让我害怕的。躲又躲不起,走又走不得,只得在小旅馆里与时间与人民币耗着。我喜欢雨天但我怯水。除了热水瓶里的水我不怯,像池塘里的水、芦荡里的水、河道里的水、湖汊里的水、大江里的水、海洋里的水我都怯。或许自小到大被五六次溺水过的缘故,所以,与水有关的运动我从不参加,怕今天下去了只能够明天上来。

在周罗,那里的乡民非常的好客淳朴,知道我是个什么东西,就在一条小河边的农家院落里,专门为我演出了一台真正的原生态民歌演唱。七个农民穿着他们自己做的演出服,在阳光下唱了一曲又一曲。我也兴致勃勃跟着一位民歌手学唱一个与爱情有关的民歌,学了半小时,会了一句。离开周罗,那一句也就忘了。再怎么回忆,出口总是旧船票能否登上你的客船的曲。见鬼了,自己的血脉和灵魂没有与里下河融在一起,是唱不出那韵那腔的。总之,那场景让我激动的。

里下河的地方真好,这里的老人都能够讲故事,都能唱上三两个民歌。走着走着,也就懊恼起来,要是有金磊张健(张羊羊)王苏阳(苏阳)谢华(宁默)于建新(老于头)董秀晴姜刚等人作同行,该有多好啊。

走在里下河我就这样胡想空想，想到常州的青年作家朋友，这不，就有青年朋友的电话来，缘分。张羊羊说，光老师你保重，回来喝酒。

一会儿，董秀晴也来短消息，说光老师你注意安全。

你们商量好的？

暖啊。

醉　酒

有朋自不远不近的地方来，按祖宗不成文的礼仪，是要以酒水相待的。酒水酒水，酒为先水则后，于是乎去得一处酒家，郑重地以酒杯摆将开来。久违的热乎劲，可以在好酒好菜的搅拌下，揭示更为浓烈的热乎。

酒，是谙熟杯中有几两直至几钱的好酒者的宠儿。那份沁人心扉的香气，哪个不为之神往？自我识得酒字起，就晓酒香，然而却没有纳容香酒的基本功，天生的六腑五脏容纳不了一丁点含有百分比的酒。

这确实不关我的事，有好多科学家都一次次以权威的文字，明证饮酒与遗传有着密切关联，远不是试着喝几次就有了喝酒底子的。朋友们在酒这个共同标题之下，要让我勇敢地面对盛满玻璃杯的酒，倾注一下全部的能耐，并有根有据阐述我的诗风准定来源于酒，且是烈性酒。

很显然，面对酒，我已走投无路也茫然无依，只有仰起脖子完成朋友逼迫的但还非要说是自己选择的酒，才是显出对朋友看得起、对友情看重的观点的存在。我再三再四强辩说，酒而于我，远非诗歌的诱因，谁知当即受到朋友齐斩斩的责难。朋友们也再三再四说，写诗佬喝酒有诗歌千百篇之说，再论下去眼看是我要处于强行的境地了。我得保持一辈子决不让双手被人束缚的形象，于是，在漾动朋友真情诚意的规劝氛围里，我虔诚地将酒咽进肚里一如咽进烧红的钢筋，就仅仅一会儿，那酒精的膨胀很快让我归于惨败——要不是布衫罩身，我没法遏止自己像一只煮红的盐水虾弯垂在木椅上。我只能对来作客的朋友置之不理，更抛弃了酒为先水则后的礼仪规矩了。

作伴的同事中有位以"酒仙"威名粘身的，我与他识得了十多年，从未见他让酒摧毁致醉，而我却在他的预料与嘲弄中，让他遗憾地弃之酒杯来搀扶我归路。

于是乎，我从未领略过的一番妙景奇状，便展现在这段短暂的岁月里——下楼时，我十分明了地看清一阶，踩下去却是两个台阶；迈步中，脚掌踏上地面，有时还不乏来一次不连贯的止顿，脚掌悬在半空踩不下去，犹如音符里一个深具意味的休止符；软舌更是毛糙如棒，一路上愣是硬撅撅没吐清一个中国文字。在我变形滑稽的行动语言下，同事几次去移正因哈哈大笑而偏落鼻梁眼镜。更奇妙的是，我被朋友的自行车驮着去印刷厂看软片，途中，同事满不在乎说别去，你去了也不能做事，别图形式。我齿舌不清但手指指着去的方向,就好像洪常青给苦大仇深的吴清华指路时那样坚定。到了印刷厂一面对软片,出人意料的是我刹时摒弃了糊涂浑噩,指出两处已降临的不该错的错处。这好像实在太难,因文字和图片是被人一遍遍校过的。但醉酒的状态使我升腾到了清晰的极限——所区别的正是语言的断续不能表达头脑中汹涌而出的念头。若头脑所想口中所述,兴许那正是错误的开始。

至此,我对醉酒有一个认识。无奈我不能天天醉酒,若再有醉酒的机会,我将万般珍视致人仙境的雅趣与笨拙,若在该醉的氛围里没有醉去,那也是我可怖的做作或虚假。

喔哟,别忘了拉下我醉酒的品种:啤酒。酒量:半杯的一半。

见笑。

走到窗边看

南大街上的一根扁担

在一个岁末的夜晚,我沿着繁华的南大街步行回家。天空飘洒着毛茸茸的雨,这种悠悠晃晃的雨,不多时就将灰暗的路面种出五彩亮光来。好像路面不服气沿街各式店面的霓虹招牌,也安装着街灯或霓虹似的。

走到南大街尽头,对面是刚刚拆完的西瀛里废墟,不禁驻足追想那一片错落有致的青砖黑瓦,忽然,人行道上一件泛着光亮的东西硌痛了我散乱的目光,既陌生又熟悉,竟让我一时叫不出它的名字。脑子虽然出现短暂的空白,但丝毫不影响我从心底突生的情感,就穿街而过。哦!扁担。南大街上的一根扁担。一根被遗弃了的扁担。

我扶起扁担细看,它通体光滑油亮,除去雨汁的涂抹,中部曾经的竹青已经是明显的褐色了,厚实肩膀的皮油、汗水和衣服的

我的血型是玉树

磨蹭，已经让泛黄的岁月深深地镌刻在上面。扁担的两边沿口已经有很大的开叉了，长长短短粗粗细细的竹刺带着青铜的光泽从坚韧的扁担里弹出来，也就意味着这个部位越炸越大，已行将结束作为扁担承受重担的使命。扁担都选自毛竹，但用毛竹的哪一段将决定扁担的好坏，这根扁担显然是用靠根部的毛竹削制的，有9个节笆（一般的扁担都在6—8个节笆之间），且两头的节笆在担扣处，这就使得扁担扎实，不易因重量或摔打而劈开。这根弯弯的扁担，也喻示着主人在刚刚启用时，一定是挑了担子晃起来的，新扁担被主人晃起来就晃活了竹性，扁担就有了伸缩有了张力，不至于忽然挑起重担就会断裂。我也猜想扁担的主人也是一个讲究的人，他将新买的扁担托人放入浴室的开水里煮过，或者用桐油抹过，因为扁担从正到反从上到下没有一个蛀眼。就知道它曾经是一根有年代的好扁担。

拥有一根好扁担，曾经是农民引以自豪的一件事。哪根扁担能挑200斤，哪根扁担能挑300斤、400斤，都在农民嘴上摆显的。那时的生产队长，都知道自己的队里有多少条好扁担的。

我扶着扁担，像扶着受伤了的老农民。面对它我似乎听见扁担带着来自农村特有的咔吱咔吱的声音，这声音让我觉得陌生而又那样的亲切。其实，我现在生活的城市，已经忘记了扁担和扁担的功能、功德。其实，扁担是这个城市油光光的镇纸，没有镇纸，多少次的狂风从我们的头顶掠过，还不把铺开的宣纸刮掉？有着很多陈事旧影的扁担，你一动它，它就咔吱咔吱的流出许多人的激情，许多人的叹息。我们的土地、我们的房屋、我们的庄稼、我们的河流,甚至与胜利有关的战争,甚至与生存有关的国家,不都是在扁担上生长起来的吗?

这个城市,人的数量曾经是扁担数量的二分之一,现在恐怕是扁担仅剩人口的百万分之一了。那我们的扁担和与扁担有关的东西哪去了?我真的不知道扁担在人的成长中在城市的成长中,是我们抛弃了扁担还是扁担抛弃了我们?但我知道,人的脊梁就是按照扁担的形状生长的。扁担形状的脊梁在支撑着我们,使我们能够坚挺的站立起来。行走。奔跑。

我没有把扁担丢在原处,我也没有带它回家。我将扁担直直插在西瀛河边,我希望这毛竹扁担能够再发灵性,一场霏霏细雨能让它冒出遍布城市的竹笋。可惜现在的雨是冬雨。

还有一句要说的,就是扁担里有两个用红漆写的弯弯扭扭的字:常记。

常,常州的常;记,记住的记。不知谁能记住。

想想,很有意味。

我的血型是玉树

夏天拍蚊子

　　小万老师晚上备好了课就喜欢看点韩剧什么的。发亮的荧屏将乡村特有的蚊子引进了镇中学老师的宿舍，小万老师由韩剧而产生的美好情绪美好联想，不时被嗡翁叫唤的蚊子搅得断章脱节。小万老师怎么也想不通，窗口嵌了绿纱，那蚊子怎么还能够飞进来。

　　因了明天的课不容耽搁，需要一个饱满的精神，处处完美的韩剧尚未结束，小万老师也就想着要睡觉了。没有灯光的宿舍，那就是蚊子肆无忌惮的场所了。万籁俱静的屋里屋外，蚊子带着叫声不时从各个方向滑翔到小万老师的耳边，听见尖利的声音，小万老师是怎么也不能够睡的。重新拉亮日光灯，见蚊子就拍，追着拍。从床上拍到墙上，从桌上拍到地上，手掌拍得红红的，小万老师也没有拍到几只。

　　小万老师拍蚊子的声音传到楼下的门卫房，同样沉浸在金喜善美丽笑容中的门卫老头就自言自语，这个小万老师刚刚还在与女朋友有说有笑的，怎么一会就来个四川变脸，在打女朋友了呢？而且凭自己的经验，传出的声音是在打嘴巴子，因为手掌只有实实地打下去，才能够发出这种啪啪的声音的。

无法入睡，小万老师又扭亮电视继续他的韩剧，在观赏韩剧的过程中继续追寻蚊子的踪迹。小万老师不时就拍到蚊子，拍到了蚊子小万老师就哈哈笑，和着韩剧的声音。

这样，门卫老头就听见小万老师的宿舍里有女人在哭和喊叫的声音，虽然听不清说的什么，但也有小万老师在笑在喊叫。几天后，学校的老师就用异样的眼光，在看这个分配进来不久的小万老师。

邻镇一个中学里有与小万老师一道招聘来的同学。女同学。

一个休息日，女同学来看望小万老师。狭窄的乡路上，向往法国的女同学谁知为躲避一老人，电瓶车撞在法国梧桐树上，破了额头。女同学见无大碍，又骑着电瓶车朝小万老师的学校驶去。

门房里的老头白天还在看金喜善，见有头皮受伤的年轻女人来找小万老师，按照韩剧的剧情发展，自然是女朋友来找小万老师算账来了。门房老头听的逼真的，是昨天晚上小万老师噼里啪啦打的啊，把人家姑娘的额头都打破了。

小万老师从师范学院毕业后，就到了一所镇中学去教书的。只一个月，校长就找小万老师谈话了，内容都是要小万老师遵守法律注意老师的形象，千万别为了恋爱而影响学校的名声。一场谈话，将小万谈得云里雾里的。

我的血型是玉树

不知就里的小万老师照样在晚上拍蚊子。

不知就里的小万老师照样约女同学在休息日来学校。

很多时候,我们都会和小万老师一样,生活在不知就里中。

诗人马某的一次少年激情

在一次诗人聚会的酒宴上,车前子提议要在座的每人讲一个少年时代的故事。显然少儿故事太落俗套,又有人提议说要出乎意料的,或者说,可以看出我们诗人在少年时就有的一种诗人激情。于是十个人十一个故事(浙江某诗人多讲了一个自己在少年时与少妇的事)。这件事过去很多年了,现在想想,只有诗人马某说的一次少年激情停留在我的记忆里。其余的都是一笑了之。不妨复述。

马某家居乡间,一望无际的苏北大平原,给了马某一种聪慧和野性。一个夏日,马某与村里小友相商,要像小兵张嘎那样骁勇,从大人的眼皮底下弄几个西瓜来吃吃。马某水性好,被推为小友中间的"嘎子"。少年马某看见瓜农躺在高高的瓜棚里,就悄悄地从河这边一个猛子扎到对岸,匍匐着爬上河埂。赤裸的马某依着瓜叶作掩护,蛇一般游入游出在瓜田里,将西瓜一个一个采下来滚到河

我的血型是玉树

里，再推着西瓜游过河。

小友们忽然得到这么多西瓜，一下子是吃不掉的。少年马某抱上三个就走，说你们分分吧。马某抱着瓜来到屋后，把草垛掏空放进西瓜去。马某想，这三个西瓜放到过年，再拿出来给爸爸妈妈吃，一边放着鞭炮一边吃着西瓜，不把美国人吓死了啊。

不几天，马某家来客人，爸爸让马某到田爷那里去买西瓜。马某拿着爸爸给的两毛钱，想，西瓜是怎么个卖法的？爸爸给两毛钱，是不是就是一毛钱一个呢？马某想是吧，因为家里是来了两个客人。可是马某又想，为什么要买田爷的西瓜呢？在草垛里，不是藏着偷来的三个西瓜吗？把那里的西瓜拿回家，自己不就可以赚两毛钱了？马某围村转了个圈，回到屋后的草垛，钻进草垛，一手捧着一个大西瓜就回家了。爸爸见儿子用两毛钱买了两个大西瓜，直夸奖。

过一日。马某的爸爸路过瓜田对田爷说，田爷你真是的，昨天我儿子怎么可以用两毛钱买你两个大西瓜啊？以后要注意影响的，大小我也是个会计，给群众知道了，我这个干部形象很不好的。

田爷说，我什么时候见着你儿子了？

马某的爸爸自然是纳闷了。不敢言语。

回家后，马某的爸爸说，儿子，你来，爸爸给你两毛钱，再去买两个西瓜回来。马某挠头着纳闷。马某的爸爸说，你跪下来！你犯了两个罪，一是盗窃西瓜犯盗窃罪，二是拿了爸爸两毛钱犯贪污罪，你这个小兔崽子！啪啪啪！

这一跪，马某就把草垛的另一只西瓜遗忘了。

过年了，当马某爸爸把吊在屋梁上的山芋拿下来时，马某才想起草垛里，还有一个夏天藏着准备过年的西瓜。马某早把屁股上的青紫块忘了，欣喜地高叫一声爸爸妈妈！过年了我孝敬你们。马某窜到屋后，拉开一捆草就爬进草垛，亮光下，原来放西瓜的地方只有一摊黑黑的东西，像谁拉的屎，还长着一层浓浓的白毛。

马某火了，嚷叫道：哪个畜生把我的西瓜偷掉啦，偷了就偷了，吃了就吃了，还拉下一泡屎给老子过年啊！

其实，我们也会像少年马某，忘掉自己所做的这件藏瓜的事，一旦发现周边的人事超出自己的想象范畴，也就以为与自己所想所做的勾当一样。

因为我们都在被关于生活的概念所引导。

我的血型是玉树

归来者：不是时代的图式解说员

由沙克先生主编的《中国新归来诗人》出版了，一本诗集80多万字，作者达110位之多，如果说这两个数字在诗歌出版界不足为奇的话，那么，这一"中国新归来诗人群"在此书中的集结，便不得不让人刮目相看了。

归来，不等于下班回来、买菜回来这般的回来。

归来，是携带着心灵携带着精神从远方回来。这里的远方有过激情、有过愤怒、有过人生的五味杂陈，更有沉淀后的深思。这里的归来，远不是回到原地，而是回到一个生活与人生的高度。

"中国新归来诗人"的"归来"二字，很有个性，很有意蕴，延续着郑敏、艾青、蔡其矫、流沙河等前辈诗人的集结方式，虽然各自离开诗坛的底足不一，但归来的心情是一样的——归属岩石断面的胎质是一样的，透明殷润的釉水是一样的。

中国21世纪的诗坛，似乎明晰地告示，我们这一群诗人在摆脱芸芸众生的道路。虽然我们的出生年月有着僵化而又愚昧的味道，但到了当今，我们以诗人天性的敏锐与深刻，知道怎么用思辨去看待这个时代所产生的具有粘贴特性的时代精神，知道如何叙述时代精神或是时代精神如何叙述，这种本体的状况本该到我们只是一个延伸，可是，时代的精神状况出现了裂痕，有着良知和责任的我们不得不重新集结，以更深刻的思考来面对时代发展中每一茬问题的特质。

为了一样东西飞得最高／需要一种格调／一个平原、山区、流域的牺牲／能说出口的，都不是！／（沙克《有样东西飞得最高》）

玫瑰的头颅紫黑色的拳头／它们聚焦在一起那么有力／仿佛紧紧包含着秘密的疼痛和坚忍／或者是一堆燧石／随时准备着点燃／（邱华栋《玫瑰的头颅》）

一朵干干净净的云／怎么看它就怎么变幻，看多久也看不厌／一棵无遮无挡的树，叶子掉光了／它还立在那里，像一个行将就义的好汉／难道我就拿不出一点敬意／开天下午，我要拿出一点时间／跟秋天好好谈谈／（程维《我要跟秋天谈谈》）

这，无疑是新归来诗人的宣传者，是对前辈诗人不懈追求精神追求信仰的分蘖。

我的血型是玉树

阅读这本厚重的诗集，回想我所熟悉的诗人，真的感到谁也没有离开过诗坛，只是中途抽出宝贵的时间，到民间到生活中修行了。老铁、老车、小海、王学芯、黑陶、龚学敏、代薇、丁可、陈广德、沙克、十品、一直到江边的庞余亮、一直到海边的义海，很有意思的一个诗人圆圈，不加掩饰 露真情的展现世界观，展示艺术观，以诗歌诉说时代进程中的真实，关注真实进程中的现实。

诗人穷其一生，就是构建并校正属于自己的诗歌语境，抒发主体精神，我们一手伸向传统，一手伸向生活，既不奴从生活现象，也不凭空虚构生活现实，对生活感受的新颖性、敏锐性十足的集中，没有谁为时风所动，没有谁在偏离中国诗歌的正脉，无论是20世纪70年代80年代，还是21世纪的今天，诗歌的气韵依然的生动，诗人的骨气依然的充盈。

环卫工人的扫帚拍打／瘦细的枝条摇晃／落下来，全部落下来／时间到了／有人，就这么毁于睡眠／（庞余亮《毁灭》）

静悄悄的空间，一支烟／孤独地燃烧着黑／整座城市，犹如巨大的履带／盘绕在齿轮上／沉重滚动／（老铁《寒冷的子夜》）

有关火皮袋的操作／我没掌握／只能告诉你／火皮袋里关押着／牧人俘虏的五千里高原风／（冯光辉《火皮袋》）

诗人最惬意的抒发就是这般理想化的力量驱使，当心声与诗语一致时，便会写下自己庄严的名字。当然，诗人的诘问也是无休止的延续着：我从哪里来？我的虚无日子。我的灵魂呢？我是谁？微信年代。不用手机的人。碎片。幸福感等等。从这些同题诗写作中，新归来诗人的信仰没有流失，新归来诗人的价值观没有崩溃，400多位诗人相集在"中国新归来诗人"的旗帜下，已经不是三二十年前诗人的重复还原，更是一群经过了时间淬火后的重新集合，为信念而活着，为保持获得的信念而活着，许多诗人在生活的羸弱上有着明确性，那就是精神的更加强大。从而坚持到今天，一个个诗人相聚在一起，成为一个精神力量的群体。

每日构建属于我们的诗歌精神，每夜构建属于我们的诗歌语境。

我们有了又一次认识自我的机会，也有了重新认识世界的机缘。在一个太阳升起的时候，我们都一起高举双手，稳重地托放一个名称在诗坛：新归来诗人。这不是我们在当今时代精神下产生的噱头标签，有诗集为证，有每个人的真情为证！

作为中国新归来诗人的一员，也作为《翠苑》文学期刊主持编务的副主编，对诗人群的名字几乎都熟悉，是我同时代的诗人，或多或少读过他们的力作，他们脍炙人口的诗作其影响力一直延续至今。于是我请沙克先生特约并编辑"中国新归来诗人群作品"选辑，于2016年第三期、第四期刊出，共选了30余位诗人作品。正如沙克先生所言："新归来诗人"是中国当代诗歌史中客观存在的特殊现象。新归来诗人既是近30年来文化价值嬗变造成的社会意义上的诗人群体，也是文化多元化、诗歌个体化背景下的价值集结。

我的血型是玉树

新归来诗人群将带动海内外新归来诗人，不断推进诗歌事业，共享诗意未来。

两期《翠苑》出版后，在中国诗坛广受好评，面对中国诗坛对《翠苑》的评价，我深深感受着诗人群的蓬勃活力，对社会冷峻的审视与反思似乎也更深了，便有诗录下我的心声《我的灵魂呢》——

灵魂是一件剔透的器皿
它可以高悬于我们的头颅
也可以践踏在我们的脚底

灵魂　需要我们的双手无时无刻地攥住
倘若手指松懈
灵魂就是滑落于地的易碎品
让你一片片作废
倘若手掌放弃
灵魂就是窜向恶魔的土狼
吞噬你的良心良知
人间寒冷中　灵魂独含温暖
人间温暖中　灵魂迸发感染

自有崇高的律令
自有高尚的版本
我的灵魂器皿不会瘦弱而干枯

即使尘沙撞击

我用一生储备的巴颜喀拉雪水滋润

即使泥污黏上

我用储备一生的大运河水擦洗

祖传的训导必须保持洁净的光泽

因为嬡娘（注）交给我的缄默灵魂

日日注视我

因为嬡娘交给我的清醇灵魂

夜夜规范我

于枯水期我依然拥有丰腴的家园

于洪峰季我依然拥有纯正的歌谣

我的灵魂是一只晶莹的器皿

没有期限地闪着光辉

并在我嬡娘104岁的墓碑前

供奉着

（注：嬡娘，常州宜兴一带人们对奶奶的称呼）

中国新归来诗人群：不是时代的图式解说员。

我不是。

我们都不是。

2017.9.19

我的血型是玉树

关于《最后的蚁王》的几句后话

《最后的蚁王》是江苏省作家协会重点扶持的长篇小说，现在顺利出版，呈现给大家了。

蚁艺，作为长期存在民间的一个独特艺术种类，在我国有着悠久的历史，大概可追溯到前唐，到清末或者民国年间失传。1977年，我随部队由唐山移防到承德时，居住在燕山深处一个叫张三营的村庄，这个地方，是北京通往坝上的重要军事要道，历朝历代都将这里视为必争之地。就抗日战争的十几年中，张三营驻防过日本鬼子，驻防过苏联骑兵部队，也驻防过国民党军队、土匪和八路军，一拨拨性质不同的武装，给这里留下了一拨拨精彩纷呈的人间故事。因为是"战士诗人"的头衔吧，一些报刊上发表的诗歌作品使得首长对我很关照，我就有时间深入到民间听人闲聊。一次，我偶听一张姓老人说到这样的民间玩耍技艺，说蚂蚁像你们当兵的一样，也可以排队，也可以齐步走、跑操。

我记住了老人这一传奇的说法。

细细思量，孩童时代的我们，有哪个少玩过蚂蚁呢？那种趴在地上一看半天，忘了吃饭，忘了地上的脏，对蚂蚁的好奇，几乎每个男孩子都有过。我孩童时代在上海一个叫久耕里的棚户区长大，我就经常趴在小方石块垒成的路面上，看墙角来来往往的蚂蚁，里弄的大人们舍不得打搅我，都在我的屁股后面来来往往。现在已经104岁的亲娘（奶奶）每每看见我这样痴迷，更舍不得打我的屁股叫我回家吃饭，或者说地上脏的爬起来，有时也会拿张小凳子放到我屁股底下，让我慢慢看。甚至还会将豆浆油条端来，让我边吃边看，当然，我看的蚂蚁也有油条吃了。那年月，蚂蚁是我最好的玩具之一。对蚂蚁的好奇随着岁月慢慢膨胀，停留在记忆中了。

等我长大了再来看蚂蚁，就知道所有动物里，蚂蚁是最讲究干净、最讲究等级的，无论是工蚁还是兵蚁，它们身上总是闪烁着紫色的光芒，没有一点点污垢，劳碌着，奔波着。极难看到谁在偷懒，更难看到它们的病态，更别提至高无上的蚁王了。它们的自我奉献精神与和谐友爱的家族，真的令我羡慕，令我感动。在长期的社会生活中，人们可以玩鸟，可以玩狗，玩猫玩蟋蟀玩斗牛玩白鼠，鹦鹉八哥猪羊马鸡鸭鹅鹿等等，都在人的驯养把玩之中，可是蚂蚁呢？这种灵性极高的蚂蚁也曾在人的把玩之中，而且，被人玩出了非常高的境界。可惜现在的人，已经没有谁去驯养它了。更不可能像小说中的五舅公，不光玩蚁，而且能够玩出斗蚁的场面，玩

我的血型是玉树

出具有军事价值的境界来。

蚁艺，是一个统称。它包括捕捉、饲养、驯蚁、蚁操、斗蚁五部分组成，最激荡人心的是斗蚁，最神奇的是蚁操，最神秘的是驯蚁，最关键的是饲养，最基础的是捕捉。可惜我们这个土地上曾经存在的一种民间艺术，现在彻底失传了。

新文学时期以来，我在阅读《里乘》《七修类稿》《觚剩》等古籍时，书里或多或少都有民间玩蚁的记载。催生我写这部长篇小说，无疑源发于我对民间艺术的热爱，我知道民间是文学取之不尽的资源，任何的文学作品都来自民间，文学就有理由反过来充分地去描述民间。从部队复员后的1982年开始，我利用节假日，走访河北燕山山区、天津、北京、山东沂蒙山区、河南南阳、河北沧州、浙南闽北、内蒙东北、祁连走廊青海丝绸之路等地，寻找玩蚁人的后代、收集玩蚁人的故事以及了解蚁艺的各种技巧，积累了一定的资料。这都是作为一个作家观察民间、走访民间、亲历民间、与民间进行不懈的对话的结果。

其实，在浪迹大山大水的时候，我总在追寻玩蚁人留下的蛛丝马迹，悄悄地将点点滴滴记录在心里。这就像任何一种民间艺术形式的出现，总会是表面形式遮蔽着对形式追求的艰苦过程。我的追寻也是艰苦的，正因了我对汉字的敬畏，愿意付出更多的精力和心血，来更好的完美这个题材，在素材、想象、艺术、修养、思想乃至体力等方面进行长期不懈的集聚，当然，这样的集聚带来的结果是更深的焦虑。因为，古老的蚁艺已经绝迹了。当今的我们，已经不能够在舞台上、在乡村集场上看到这门极其精彩的民间艺术了，这是扼腕痛惜的事情。蚁艺如此，还有其他的民间艺术呢？

　　长篇小说，是一种作者必须全力以赴的文体。它最大限度容纳了文学对于现实与历史的解释，文学对于人性的体察，同时还最大限度的汇集种种艺术形式。从上世纪70年代末发表作品以来，似乎我的写作都是为这部小说在打基础，无论是语言还是结构，无论是情节的穿插还是人物的着墨，之前的写作都像是一种练习。因为那时在《萌芽》《雨花》《红岩》等刊物上连连发表的中短篇小说如《小兵》《好兵》《春困》《影壁》等，虽然受到已故的著名评论家冯牧等前辈军旅作家们的褒奖。但是，1992年在写《巴颜喀拉作证》这个厚重题材时（写完之后，就想写《最后的蚁王》），我困惑了，因为这个中篇小说写完后，我请教了著名作家储福金，福金大哥阅读了之后，认为题材很独特，但没有写好，无论是语言还是框架，都没有到位，并给予了中肯的建议和意见。我冷静地体味福金大哥的话，决定放下小说写作，自己扼杀了当时很好的小说创作势头。既然创作中的一些因素使得《巴颜喀拉作证》不能够成为优秀的作品，那么，当时写《最后的蚁王》也是不能够成功的。要真实反映玩蚁人的生活，以及蚁艺的精湛技巧，与其写不好，就不如先搁置起来，自己再读书、练笔、请教民间，向一个标高集聚力量，这就是我们经常说的突破自己。再加之20多年来《翠苑》杂志繁杂的编务工作，心理压力与生活压力过重，也影响了对这部长篇小说的构思与写作。2009年起，我的生存环境才有了改观，自然有时间重新对这一题材进行审视。我知道我很懒，喜欢拢袖蜷

我的血型是玉树

缩在懒猴窝里不学习不读书不努力写字,为给自己一定的创作压力和增强小说的自觉行为,我的申报要求得到了江苏省作家协会的重点扶持。

这部小说原先打算写30万字左右,因为有内容写,这是一个民间艺人的家族史,是一组民间艺人的厚重画卷。说实在的,这样的小说,写起来很快的,但资料的积累时间很长,所以,将这个小说往长里写是不成问题的。纵观近几年的长篇小说,字数一长,就感觉艺术表现形式上大多薄弱,动辄50万字70万字,读者怎么有时间看?可以说,每年出版的长篇小说,不超过3部小说能够在我的懒猴窝里停留。

更为警觉的景象是,在市场化、商品化的现代氛围里,作者背叛到市场阅读、商业操作小说、追求发行量的所谓稳固的立身之本上了,小说本质、小说艺术的变味,渐渐让小说界出现一拨拨的骷髅型小说家,忽略着文学的主体性与现实性的紧密结合,忽略着小说叙述语言的艺术魅力。长篇小说的主体意识、叙事力度、追求讲述方式与展示的完整,应该是长篇小说的走势。所以,我在申报的时候定下来,字数控制在20万字以内,舍去这组民间艺人前一部分的叙述,直接进入有效情节、有效字数的写作。一个长篇的容量,就给读者一个合适阅读的快乐期。拒绝冗长,拒绝注水,毕竟与诗歌为伍40多年了,文字当干净,叙述当精练。也让读者检验,一个诗人写出的小说是什么面目。也许我眼高手低,写出这部小说读者也许会不满意,但最起码,现在我个人还是比较满意的,写的时候是快乐的。

作为民族文化中的一种重要形式,民间艺术就像珍稀动物,每分钟都在消亡,随着岁月的更迭,许多民间艺术所生存的文化土壤在流失。如山东快书、河洛大鼓、花鼓戏、坠子书、三弦、皮影戏、面塑、羌笛、吴歌、锡剧、丹剧、抬阁、号子等,目前都到了生死存亡的紧要关头,面临着传承乏人的致命危机。即使存活着,也非自然的活着,如同强心剂般的政府行为只能够让其囿于狭小的范围,很难传播、很难滋润的延续。甚至,加速消亡。

唐代的玩蚁人很多,斗蚁就像斗蟋蟀、斗鸡一样普及,技巧高超的玩蚁人在不断变化的蚁艺中,逐渐总结出各个关节的精华,并将其纳为蚁艺的一部分。使得蚁艺的观赏性和艺术性得到了融合、提升。到明代,玩蚁人的蚁艺传统表演很少在宫廷演出。再加之蚂蚁本身的难以驯养和社会动荡,还有蚁艺技法的难以掌握、玩蚁人对技艺的秘而不宣等因素,致使玩蚁人数量急剧下降。为了生存的玩蚁人只得依附着杂耍班,精明的杂耍班头也把蚁艺当作一个小节目将玩蚁人收编进来。到清代,随着杂技艺人的进一步沦落江湖,寥寥无几的玩蚁人也随着杂耍艺人一样过着凄苦的生活,在杂耍节目中,蚁艺更不得宠,逐渐使得这门古老的民间艺术绝迹。

现在的《最后的蚁王》,我将两个空间留给了读者,一是五舅公这个艺人的家族由来、组合,从太爷、师爷、师父,以及大舅公一直排到九舅公,每人的命运不一样,点墨不多,却铺垫起民间艺人生存的艰难曲折。二是五舅公一家的微妙关系,不渲染,不模式化,不脸谱化,隐隐约约,点到即止。既显示出小城人物对于普通

我的血型是玉树

生活的温情脉脉，又严峻袒示出根深蒂固的封建意识的悲凉。因为民间艺人的婚姻，其实也很神秘，或者说是无可奈何，五舅公与玉苹在年龄上的差异，使得他们不敢公开夫妻身份，虽然增加了写作难度，却也写出一种朦胧的爱情之美。

我无法摆脱常州这块土地上的文化对自己骨血的渗透，爱之；我无法摆脱我爷爷作为新四军地下党、被叛徒出卖身中七枪倒在三桥头的悲壮，念之；我无法摆脱侵华日军占我国土肆无忌惮屠杀我同胞，恨之。

我将蚁艺放置到抗日战争的背景下，还有两个用意，其一，现在我们丰富的舞台上，有许多曲目、传统技艺是由民间艺人含辛茹苦传承下来的，甚至是用生命在传承着，历代民间艺人生存的艰辛和磨难，我们不应该忘记；其二，作为古老的民间艺术——蚁艺，在我国曾风靡过，只是现在失传了。我告诉现在时尚的玩蚁一族，前人曾将小小的蚂蚁玩得如此淋漓尽致，大气磅礴。虽然我说不出具体的玩法步骤，但说出了一个大概情况，也许，有浓厚兴趣的玩蚁人，会琢磨出前人的玩蚁方法，将蚁艺恢复起来。

文化（包括非物质文化遗产）是一只无处不在的手，是民族的灵魂、国家综合实力和城市形象的重要体现。各地宣传部门在重视申遗工作的今天，我将这个存在千年、而今已经绝迹的民间艺术告诉大家，重视非物质文化遗产的发掘与传承、重视争奇斗艳的民间艺术和各艺术门类的民间艺术家，已很急迫。

但愿我不是最后一个知道捕蚁、知道饲养、知道驯蚁、知道蚁操、知道斗蚁的人，但愿不是。可是，匆匆的光阴岁月会无情淘汰许多人的技能、技艺，我不说《最后的蚁王》，也许就没有人说。或者没有我说得如此详细。

没有。

2012.2

能在青藏高原写诗真是幸运

能在青藏高原写诗真是幸运。

1988年6月,凭着军旅生涯练就的素质以及对青藏高原的地形地貌、气候、风土人情、宗教和藏语的粗略了解,开始了我孤独的青藏高原之行。

上青藏,是我血脉之中成就的愿望。不是纯粹为了诗歌而去,当然也不是纯粹为了好玩。是什么驱动我别离家乡到高原去,真的不知道。

若说真的不知道,似乎也未必。上小学时,教科书上有一篇课文,那课文说完青藏高原是如何的美丽壮丽绚丽之后,给我印象最深的乃是说青藏高原是一个埋着巨大宝藏的地方,我们要寻到打开宝库的钥匙。那时我就天真地想,要是我能找到这把钥匙,把它交给伟大领袖该有多好呵。幼稚而具象的想法随着知识和年龄的增长破灭了。

但破灭的仅仅是"钥匙",青藏高原从此沉甸甸地留在了心中。

启程前的一个晚上,诗友马一平请我在虹桥电影院看了由张艺谋拍摄的电影《黄土地》,算作送别。那一晚,我们很激动,拉拉茬茬半夜话。一是我要西上,作为老兄,一平叮嘱我好多;二是为气势恢宏,画面新颖的《黄土地》。由张先生担纲摄影的这部电影在当时是引起轰动的。

捏着车票我开始西上。

在去西宁的火车上,西部的鼓声让我难以平静。在昏暗的车灯下,我写下了第一首西行的诗作《威风锣鼓》。之后,在青藏高原的三个月,无论是在荒漠的地方拦卡车恳求搭个便车,还是骑马、徒步,所到之处所见之景均是我为之向往的。冥冥之中,这些地方我似乎曾经来过:在那个山口直面雄鹰;在这条山沟遇见藏民;甚至于我的坐骑;甚至于我背的那支枪;点点滴滴是那么熟悉那么亲切,但无论如何又记不起在什么时候来过。

更多的时候藏族人、高原景于我是完全的一个陌生世界,但我一点都不感到只身的冷漠孤苦,因为在我闯荡青藏高原的日月风雪中,我是怀着真情的,有藏人可亲可爱的笑容装在心中,我就不惧怕恶劣气候凶险沼泽。在有鬼门关之称的花石峡、在黄河源头的鄂陵湖边、在大风雪的玛卿岗日冰山下、在水磨吱吱作响的红军沟口、在湍急水流的麻尔柯河边、在悲壮而神秘的班玛天葬台、在极度闭塞的大沱河部落,面对好客豁达的藏族同胞和巍峨的高原群山,我任一腔情感脱缰,但又让这份激动和癫狂进入炽热而又冷峻

我的血型是玉树

的陌生境界去进行写作。诗，的确是一个人征服内心的一切未解灵魂的试验。在淹没我达六个小时的可怕的沼泽地带、在暴雨后突发的大面积山体滑坡前、在乒乓球大小的冰雹砸下来无处躲藏时，我渺小而羸弱的生命经历了生死考验，在这份极限考验以后的征程中，我似乎才拥有了一生中苦苦追寻的天平般敏感的诗心。这份诗心，随时随地在捕捉和发现着那种不易察觉的永恒诗意。这，也许就是我在孩提时代想要捡拾的"钥匙"。日月山的传说、鄂拉山的风情、拉脊山的苍鹰、尕娃眼中的国旗、巴颜喀拉山口藏民肩头的猎鹰、阿尼玛卿山中的火皮袋、班前的火塘、年保一日寨的神湖、赛来塘的原始森林、吉迈遍地的牛羊尸骨、达卡的金矿、知钦山的雪莲、麦叉贡巴和吾扎的寺院、多康茨夸的藏族兄弟、则日吉的长头香烛酥油花、三家村的河流、满掌山上一边流向长江一边流向黄河的溪水……每到一地每见一景每蕴一情，自有青藏光芒照亮我的心扉，让我干瘦的笔不断地丰润，不断地流出来自我心扉的经过青藏洗礼的汉字。

我像是换了一个人。

能不么？说一件刻骨铭心的事。在大沱河部落时，我几天的饮食都是藏人的手抓肉和糌粑，事情发生在第五天的黄昏，我从所带的足够十天生活的食品袋中，将一只苹果罐头和半盒饼干藏在厚厚的衣服内，避开藏人的视线，独自爬上一座高山，坐在一块岩石上，一边欣赏高原橘红的晚霞一边吃着食品，吃完饼干，我随手把包装精美的塑料袋扔了，一阵山风刮过，突然从山后冒出五个尕娃，其中一位个子稍高点的赶紧追着塑料袋跑，他把塑料袋踩住后，拾起来罩在眼睛上，看花花绿绿的太阳，看花花绿绿的群山。我的心不禁一下揪紧了，为自己的自私痛恨起来，美味的食品对于出生在南方的人来说，算不得什么，可是对于闭塞和贫瘠的大沱河的尕娃来说，别说吃，就是看也未必看过，我内疚悔恨，再也按捺不住自己，我站起来，从脚边拿起苹果罐头，比划着对尕娃说：吃吧，小兄弟。我把罐头放到尕娃的手里，沉重地向山下走去。没走多远，就听身后一记异样的声响，回头看，见尕娃们团团地趴在地上，赶过去看时，尕娃们正在拣地上的苹果肉吃。这无疑又是我的过错，不给尕娃开启罐头盖，他们又如何能打开？只好用石头砸碎瓶子，让甜甜的果汁白白地流掉。从山上下来了，我拎着食品袋一个土屋一个土屋地分发，藏人一个劲地对我说"尕正切"，我却不敢正视藏人含笑的善良眼睛。那一天的晚霞永远地落下去了，那一天的内疚却永远地伫立在我心中。

像这样触及心灵的事情在高原经常碰到，有时我无法凭借诗歌来表达，此时就觉得这种载体要传承心里的语言似乎又太狭小，我不得不在另一种文体中叙述了。

青藏高原，是雄风鼓荡的地方，是凝重悲凉的地方，是诗人展示心灵开放思维的地方。青藏高原让我有了对人生的忧患和自身使命的顿悟。从高原回到江南小城后，在一个狭小的自嘲懒猴窝的地方倾情写作，整理在高原闯荡三个月里所记的印象，好像我的书桌就是一个缩小了千万倍的青藏高原的大沙盘。每一段路程、每一个故事都清晰地显现在书桌上，有关高原的诗作一首首写出来，同时又遇到了《诗刊》的梅绍静大姐、《绿风》诗刊的曲近先生、《诗歌报》的蒋维扬先生和贺羡泉先生、《青春》的吴野先生、《翠苑》的黄羊先生等一些好编辑,这几位编辑也都是我国诗坛的实力派诗人,他们给我的诗作予以了首肯和评点,并辟出大块的版面推出我的长诗、组诗。尤其是《威风锣鼓》《巴颜喀拉有舞》(组诗)在《诗刊》《诗歌报》发表后,得到了原中国作协副主席、已故著名评论家冯牧、著名诗人、原《诗刊》主编张志民、著名诗人、《诗刊》副主编杨金亭及全国广大读者和诗友的厚爱。著名诗评家、中国诗歌学会秘书长张同吾先生还撰文《捧着阳光走向远海》(载《诗神》1992年第四期),在这篇对我国诗坛进行总结的文章中,张先生说:"诗人自觉地去谛听历史的回声,表现了对现实的关注和对真正的历史价值的思索,他的思考又证明了历史作为宏大的记忆参照系,必然同现实有着千丝万缕的联系,只有深切地关注祖国命运和时代走向的人,才能沉入现实与历史的纵深,写出有血有肉的诗篇。冯光辉的《威风锣鼓》就是在诗的意绪中包容着历史感,使诗思浑厚自然。"同时,此作还获得了《诗刊》优秀诗文奖,让我始料不及又惶惶不安。

在那些写作的日子,青藏高原的万山诗情千坡诗意明照我,让我时时刻刻都感受到青藏辉煌的光焰,感受到精神的裂变与历史的回声。

1995年末,我与画家江可群和言亢达、摄影家季立果相约,又一次跋涉在青藏高原上。我们走祁连、居龙首山、过阿尔金山、穿柴达木盆地、越布尔汗布达山、登昆仑,一路之上,三位兄长对各自艺术领域的见解和对艺术的孜孜追求，还有面对青山黄河所展现的情态，又一次澄清了我的艺术自觉，为我诗歌写作营造了浓厚的氛围。我认定自己，无论社会如何虚伪浮躁，我都会保持着庄重独立的人格、保持着一种凌然的布衣精神。我不会迎合轻浅的时尚，不会屈服权贵的魔棒。审视自己，我没有污染圣洁的巴颜喀拉雪山，没有浑浊清清黄河源水。我坚守清苦的生活和艰辛的工作状态，这样的生存环境反作用于我去浸润诗歌。

这部诗集，是对我以汉字来表达那座神圣高原和伟大藏民族的检验，亦是我在几十年的生命之中心灵的依托。许是浸染了唐宋诗词中描写西北边陲的气势和刚健，许是着意采用当代对高原细微的观察和意象，在由意象构筑的艺术空间里，我尽力以高原的大气势化解成我的诗歌语言，倾情叙述大高原上巴颜喀拉山中我所热爱的藏族同胞，我所热爱的山景地物，而这些所见又丰富了我的诗歌写作和诗歌表现力。在诗语上虽非完美，但我努力着完美。而在形式、技巧、方法、意向上，我以真善美为目的，并为达到完美的统一与高度的和谐而努力着。我知道这样写出的诗，才有其价值，才有其意义。

中国的文化传统和民族精神是诗之源。

质朴的诗，其美学品位重要的是具有勃勃生机的诗魂。诗，当对民族精神和传统文化的优秀成分以继承与发扬；诗，当对火热的时代和现实的生活以挚爱与切入；诗，当对泱泱民众和历史使命以忠诚与吟颂。而这些，都是作为好诗的本意和意蕴，都是作为诗人的责任和使命。

我的血型是玉树

　　似乎诗歌是人类中都会操纵的一种语言。为了活命为了附庸风雅而写的诗歌，不属诗歌，那仅仅是人说话的本能。

　　心中有了梦，有了或肃穆雄浑、或飘逸洒脱、或浪漫多情的梦境，即使不写诗歌，随口说出的话也是诗歌。如今，我孱弱的笔虽不能写出一个英雄民族的历史和雪域高原的大山大湖，但我仍以笨拙的肢体奋力舞出《巴颜喀拉有舞》，等待方家及读者对它的评判。

　　唵嘛呢叭咪吽！

2001.9

诗人说话

华夏的诗情,源自《诗》始而源源不绝,历经五千年的情性传承——歌舞升平,家国兴叹,慷慨言志,儿女情长——林林总总。快感的,雄辩的,肆意的,朦胧的。"诗拯救了降临于人间的神性,以免它腐朽。"多少便带有了一些不食人间烟火的恬淡之味,轻舞飞扬且自在卓然,因而它不属于流行的时尚。但在快节奏高速运转的 21 世纪里,在速食主义的号召下,诗歌概莫能外,新鲜刺激的语词与随时更换的话语成为流行的风向。甚至于写作方式。

诗人如何说话?说什么话?话怎么说?其质敏的诗思如何用话语形态表现出来?

20 世纪七八十年代的诗人续千载文思,荷两肩重任,凭借"敏感的诗心",随时随地在捕捉和发现着那个时代很容易察觉的诗意。

我的血型是玉树

因为时代如火如荼。

"诗,的确是一个人征服内心一切未解灵魂的试验。"这个源于心灵的艺术可以让孱弱变为强大,疲乏变为充沛,怯懦变为勇猛。它的神奇与伟力于壮阔天地间一任传达和宣泄。

那时诗人的说话方式似乎很简洁、很敏捷,却有着不可磨灭的记忆和震撼。几本诗刊给我们带来了诗情传达的一辈子的愉悦,诗歌力作与诗人的名字一起流传到今天。那时的诗人丰盈充沛的情感写满了对时代的期盼值与向往目标,当一切活生生的呈现于眼前时,几多惊喜和意外,揣着怎样的文化情怀去接近梦想。在历史与现实纠结的纵深和广阔领域内充分突显了在生存名义下有力度的拼搏与厮杀,字字句句完善着有关当今诗人的告白与宣扬,意气风发,刚毅决绝。时代的普泛精神互相投契。诗人凭已然的情感爆发点有一次淋漓尽致的发挥。历史的直觉与超越,反思中的崛起与升华,感知的领域里在形而上的认识层面上完成了自问式的探索,令人驻足且为之澎湃。而读者也为体验思考社会、思考生活、追求人生终极目标而去阅读诗歌。

主体的亲历性与即感性带来了诗歌意象的多元和复杂,景类、物类、人类陌生或亲切地闪现着情感的参与和情绪的张扬,相应达到了震撼和广泛传播的效果。诗人们流畅的文思与直线式的表达方式,确如同生死两界,泾渭分明,就如始发与诞生之时那般庄重。

诗人们以多种形式的说话方式于诗坛上歌舞,让诗歌读者与诗人一道欣赏着、也惊栗着属于诗的文字。坚忍的诗歌话语的背后隐隐具有了博大与气势的意味和色彩。诗人感觉世界里深细的粗犷的笔触也随时代发展而衍生，就如同史学家汤恩比所归纳总结的那样，一切都是挑战与应战的对应。

　　毫无疑问，诗歌是最为个性化的文体，在这个既公开又遮蔽着的存在系统里，写作如同戴着镣铐跳舞，非篇篇心血，字字得意，倒也好诗连连。诗人说话的方式几乎在诗作中叙事性的话语画面感极强，种种生命图案五色斑斓，浓墨重彩，与诗行富于节奏的重音一起铿锵而来，从而自然产生了激荡人心的或未知的愁肠百结之感。艺术审美态度的取舍统率着锐意进取的姿态，营造出整体的刚柔并济，而又重点卓显。因为诗人本身不是主角，只是一个个不可或缺的故事参与者、历史见证者、时代记录者。

　　此时，诗人与读者之间有着对等的解读和剖析——情状钩沉，启迪思索，披肝沥胆，深沉宏穆，拟人化情怀诉说，对话场中抗争式的激烈拉锯，都会形成强烈的视觉效果形成社会的共鸣。诗歌言语间或轻盈机智，自然晓畅，或爽快直白，干净利落，诉说着现代文化的诗性精神。诗人存在的说话方式浮游在主体话语之外的定位与体认里；又或者与整体意象群一起被打碎、重组，糅合交织在文本言辞中。匍匐于巨大压力重轭下的人们期许在原初的世界中找到一份宁静与安详。

　　T.S.艾略特在《传统与个人才能》说："诗歌不是感情的放纵，而是从感情中逃脱；诗歌不是个性的表现，而是从个性中逃脱。"

　　现在的时代，需要的是诗人说话，说心里话说真话。不需要诗人的自说自话或无病呻吟的唱歌。

我的血型是玉树

在新文学时期，真实性的诗歌作品有深刻的内涵和思想，以书面印刷为媒体的严肃诗歌承当着文学先锋的角色。这一局面的意义，使诗歌有着责任心和时代感，让需要告白的东西经过精心筛选的文字组合，就使这个告白成了高尚。

无疑，诗歌虽不能够游离于主体政治话语之外，但诗歌也是自我意识的传达和激情的宣泄，张扬着诗情的雅致与情感个性化的传达。无可否认，所有文艺家中，诗人们是最具个性的群体之一，无论虔诚或者反抗，易感多发，毅然决绝，在对人生的忧患和自身使命的顿悟里，解读出人格重塑的气力与精神，因为诗歌本质中具在的感性美学，在其他艺术文化、商品文化和异域文化的冲击碰撞下，过往凡俗情怀与人情积淀，成就了生命震颤的时代强音符。

风格即特色，也是局限。完美的作品一样不能避免自身某一方面的薄弱。蓬勃极致的诗情如能与文字处理更为融合则锦上添花，如何突破与创新依然是思考的下一个目标。诗人的想法是"浸润诗歌，亲近诗歌"。

"我们的身体是一株植物，开花之后顷刻枯死。"

诗人何为？

诗人有为！

严肃诗歌的厚壁而使许多诗歌写作者转移了，严肃传媒的诗歌，刊物少，容量小，出版周期长，这就改变了一部分人的思维方式，使严肃诗歌产生有目共睹的危机。而此时，由于电脑等科技对人类未来生活方式及思考方式带来了冲击，这就从严肃诗歌里分离出一支以网络为传媒的诗歌队伍，几十万台电脑几百万台电脑可以相互连接成网络，强大的网络为诗歌的新的生存方式准备好了不可否认的理由。

首先，网络诗歌队伍人员庞大，这点是平面诗歌队伍是不可比拟的。网络可以最简便的操纵诗歌创作到发表的过程，无须更多的约束，从写完一首诗歌到让读者看到仅需几秒十几秒之间，这就让很多人到这个网络上小试才华。网络诗歌在这里充分发挥象征表现的最大限度的可能性，同时也使创作成为诗人与电脑对话互动，在自由自在的电脑网络里发挥最大的想象力。

其二是网络诗歌有活力，有朝气。网络诗歌写作本身携有很浓的乐趣，它的诗歌写作者吸引的几乎是年轻人，这也无疑起到了传播诗歌普及诗歌的作用。这种作用是平面诗歌载体及几个老先生的诗歌说教所不能够达到的。现在，人的价值观念、行为方式和文化态度都发生了巨大转变，心灵的连接会使一个人的作品激起另一个人的写作，这一点网络诗歌与平面诗歌都是同等的。

其三是增强了对诗歌的评论和信息量。中国现在没有一本专业的诗歌评论刊物，在文学评论中对诗歌的评论也是栏目少、容量小，而且存在着一种不健康的评论倾向，唯好即是。但在网络上就不一样，说你的作品不好只要跟帖，就可将你批得体无完肤。还有就是它的信息量是平面诗歌媒体望尘莫及的，它增强了写作者之间、民间诗歌团体之间的交流和联系。

以上的网络诗歌的快速性、对话性、大量性是平面诗歌所不具备的。

  但是，网络诗歌是在泛文化中冒出来的，它天生有着零散、贫血、浮躁、机械的特质，它给平面媒体的诗歌带来了冲击，但不会颠覆或取代平面媒体的诗歌。这两种诗歌表现只是形式，就如火车需要两条轨道才能够承载车体。两者会互相影响互相存在，现在的一些诗歌刊物就分上半月刊和下半月刊，是不是受了网络诗歌快速传播的影响呢？

  在网络诗歌里也自有网络诗人的弊病——网络诗人的矫情；网络诗人的"失语症"；很容易形成无序状态的网络诗人的自说自话。还有诗人的审美情感倾注在泄洪般快速的网络版块上，这就出现了一种网络诗歌无法躲避的惰性。率性而为的网络诗歌，成了一定概念上的可以成批生产的产品，这就让网络诗歌无法与网络剥离，网络诗人的信仰也不可能牢不可破，对现实的认识、理解和表达，大都囿于一种浅层次里，不能够像严肃诗歌那样产生凝丰富于平淡、寓深刻于自然的艺术魅力。

  反观网络诗人，他们的年龄大都是在恒温里拔节的，他们没有来自外部的打击而造成的心灵的震撼，他们一上网就没有来自道德、良心、责任的无形约束。网络诗歌随意的遣词造句，成了作者拼凑的刻意成分。名字可以反复在显示器上出现并传播，就有许多人在看见，看见的真正意义是名字而不是诗歌作品本身。在网上，人们最感兴趣的是网上的信息而非作品本身。即便有好作品出来，跟帖的也是人云亦云，像京剧票友一个劲地叫好。

  还有，选词用句漏洞百出，不严谨不规范。文学作品尤其是诗歌作品，需要在激情和认真中完成，而不是在虚浮中完成。虚浮语言的暴露与流行，是很难把诗歌的触角深入更厚重、更丰富的精神内部的。对读者而言，应该是记住了什么而不是读到过什么。因为诗歌自有诗歌的准则，这种准则是严酷的，无论时代发生怎样的变化，诗歌对具体人的存在的关注、对事件本质的揭示、对人的心灵世界的关怀这三重性质是不会发生变化的。因为创作常态的随意，没有什么约束，出来的诗歌大体上诗质并不高，多为个人情感的流露，鲜见黄钟大吕，看不见深层次的脉络。

所以，网络诗人是很容易被网络摧毁的。

现在网络诗歌的盛行，问题不出在网络本身，也不出在网络诗人本身。作为平面诗歌的参照，网络诗歌并不会成为令人心寒的形式。网络诗人是用电脑网络让许多上网的人读到他的东西。

我们也非一味排斥网络诗歌，因为网络诗歌存在的问题在平面媒体的诗歌里也同样存在着，比如：缺少能够硌痛眼睛、震颤灵魂的好诗；作秀的诗歌也比比皆是；所谓诗歌流派、诗歌旗号的泛滥；诗歌评论的不负责任等等，只是网络诗歌进入泛诗歌阶段罢了。

其实，网络只是一种媒介，其本身不具备任何的判断标准或者是判断权威。网络诗人本身也认为平面传媒更具权威性，出版诗集就是最好的例证。所以我们必须用理性的眼光去看待网络诗歌和网络诗人说的话。

不容置疑，现在的主流（严肃）诗歌存在着危机，新文学时期的诗歌阵营及繁荣已经蜕化，诗歌的孤独与冷寂已显现出来。胡适先生在五四时期说过的一句当时未必正确的话：多研究些问题，少谈点"主义"，现在来看对我们诗人自己倒有点忠告的意味。但是它不会消亡，网络诗歌更不会消亡。只要有人类存在，就有诗歌存在，哪怕地球上只剩下最后一个人，那个人就是诗人。这就如我们国家第一个上天的人，各大报刊均说他是宇航员、军人、男子汉，而我就说他是诗人，他从苍穹下来后的第一句话便是既厚重也洒脱的诗歌语言——感觉良好。

2004年的金秋十月，《扬子江》诗刊社在常州召开了苏锡常镇四城市青年诗人笔会，会议给到会的每位诗人赠送了一份小礼品：电子称重器。世间礼品千百种，却唯独选择了电子称重器，这是不是诗神的一种暗喻——它可以让我们赤裸着躯体，去称一称重量，连同我们赤裸的心脏。

梅溪河边一枝梅

梅溪河岸上有一蓬百年梅枝,枝条茂壮,骨朵硕大,逢到冬末,袅袅梅香顽强而坚定地飘进沿河而筑的夏家湾,使得这个小村的乡民日日夜夜感到裹在寒冬里的一种春汛,一种阳光的温暖。都说,好梅。好花。

一代代的夏家湾人,都将美好的向往寄托在梅树上,也将遒劲的朵朵梅花象征性地移植到下一代孩子身上,打上预示美好未来的烙印。村上一位陈爸爸面对呱呱落地的女儿,乐不可支地仿照祖辈的做法,大大方方也掷给这孩子一个名字——芳梅。

陈芳梅的家,就处于这条荡漾水流荡漾美景也荡漾三地不同文化的梅溪河边。河的对面是安徽郎溪和南京的高淳,河的这边是苏南明珠溧阳。

母亲父亲的善良和慈爱,温暖了芳梅的童年少年,父母之爱对她一生都有深刻的影响。这种影响如同梅树，回忆起来就散发芬芳。伴随梅花一季季长大的芳梅，真正感到生命中的第一次敏感与触痛、细微与强大的时候，是她在当幼儿园老师的时候，芳梅——这个民办幼儿园老师内心的顽强与振奋，源于一个同样年轻、却非常优秀的老师的演讲，人家能够做到的，自己为什么不能够做到？自出机杼朴实无华的芳梅，的确没有想到，自己立誓的作为没有在幼教事业上发展，而是文学发展了，像梅溪河边蓬勃梅树一般的蓬勃文学，将芳梅引领进了一番崭新的天地。

夏家湾人说，我们怎么看都是梅树梅花，人家陈家女儿就不一样，看那梅树是文学。

芳梅将文学驻扎在内心，内心永远荡漾着明澈温润的梅溪河清流。一个触动心灵的故事，芳梅一个晚上就将它写出来，笔是买来的，纸是买来的，没有花钱买的，是来自心里一泻千里的故事，从第一篇小说的发表，便预示芳梅的文学态度并不恍惚，她天生有一种忧国忧民的忧患意识，有一种从精神朝拜到生命感召，有一种在直面现实和事件的叠发下，对现实的本质、人在现实中的作用进行深刻的认识和表达。虽然文笔稚嫩，但不会囿于梅溪河边梅枝的发芽和开花。芳梅的代课老师的经历，使她有了不同与他人的创作经历。梅溪河、梅花、夏家湾、父辈、阔大徽州、厚重南京、秀丽溧阳，芳梅无法摆脱三地文化对自己骨血的交叉渗透。当县文化馆的老师带着稿纸走进这个小村时，就决定了芳梅一生的文学启动。

之后，无论工作发生怎样的变化，文学对具体人的存在的关怀、对人的心灵世界关怀的性质，在陈芳梅的骨血中是不会发生变化的。

我与芳梅相识大概有 30 年了,这种文学相识后的友情一直交往到现在,成为她作为写作者的见证人,也与她一起肩并肩奔跑在文学之旅中。我时常扭头看她,是什么力量驱使她凭着良心责任,在溧阳的村落和山水间俯察仰观地行走呢?直到现在,我还在想。要知道,从梅溪河边的农家女子走到今天的芳梅,是要超出常人的坚定和努力的。记得我在 1991 年抗洪救灾那年,奉常州市委宣传部之命到溧阳采访,到过芳梅被水浸泡的家乡,也见到过芳梅的穿梭于洪水中的爸爸妈妈和妹妹,那时我写过十几位抗洪救灾的平凡而英雄的人,唯独这位陈爸爸,不让我写他只字片语。我曾向当时也在洪水中跋涉的溧阳市委书记杨大伟汇报过夏家湾一位抗美援朝老战士的果敢行为。从陈爸爸到他的女儿、从梅溪河到溧阳、从平凡人到英雄、他们一个共同点,就是自觉的本身拥有的之职、之情、之义。我想,芳梅就是这样从梅溪河边走出来的有着这个基点的作家。

芳梅是一粒米一粒米地走出夏家湾的。

芳梅是一个字一个字地走向文坛的。

作为《翠苑》编辑,早在 20 世纪八十年代,我就编发过芳梅的作品,无论小说还是散文,虽非厚重之作,但一篇篇流露着率真质朴,叙述语言也构成她的特别成像。地域上的溧阳都会在芳梅的文本上展现出来。当今天的芳梅将一部分书稿交给我时,就觉得她向哺育她成长的山清水秀的溧阳,献上了一束枝头饱满的梅花。无论是《表叔》《房客》《小城诗人》,还是《雪夜堵车》《心灵小屋》等篇什;无论是李家园、别桥、后周,还是河口、水西、天目湖等地域，都成为一枚枚花蕾粘在属于她的枝杆上。

阅读芳梅的文字，始终有一种清新而真情的文字扑面而来，没有沾上都市喧嚣带来的灰尘和浮躁，让我浸润在朴实而娓娓道来的愉悦之中。她的笔下，天朗气清惠风和畅，我想，这与她的为人作文是分不开的。以《我和我体面的乡村父亲》为代表的作品，就很好诠释了用一种纯真的时代情感和朴实的叙述手法在讲解着。这个"父亲"，不仅仅是芳梅的"父亲"，而是我们的"父亲"，是"大父亲"的概念。由"小我"腾跳到"大我"，由"个性"腾跳到"共性"，就使得一个写作者在写作过程中，自己的心灵也得到了升华。无疑，芳梅是在表达一个时代的话语和主流意识形态，也是现实主义作品最忠实的创作归宿。这篇作品，是芳梅由女儿（女性）作为书写主体的写作实践，她以细腻的笔触给我们讲述了父亲故事。磕破亲情这一外壳，作者用诗化的语言，充满知性、感性和哲理，挖掘了人、人性和父亲生存的时代。这个"父亲"，所显现的潜在的精神内核是什么？仅仅就是芳梅写出的这些吗？显然不是。

《房客》读后值得我回味——人类必须居住的房屋，为何否定着因果关系？而人存在的原始本能，又有几许人在寻求自我了解？

《旧时小姐》为我们展现的，是一位九十多岁高龄的老婆婆，从这个旧时的小姐身上，我们可以联想到生活在社会最底层的女子，在与命运抗衡中的回肠荡气的生存本能。

《小城诗人》，这里所描述的人物是一位溧阳的诗人，文字里描述的有诗人可亲可敬的一面，也有厚实的黑色幽默，短短篇幅，芳梅就把诗人脸谱、人生故事和环绕其间的气氛给点得透亮，铺展着小城诗人的背后是更广阔的文人友情画。

　　一部作品能够深入人心,主要取决于作者对微不足道的本土印象进行不可磨灭的叙述。重要的,不是读者读到了什么,而是记住了什么并有了思考和联想。

　　阅读芳梅这部散文集,可以窥见芳梅涵纳宽容的精神和体察丰富多彩世界的目光。正如芳梅自己所言:文学不只是承担自我的方式,更多的还是承担社会的方式,或者说通过个人走向社会。所以芳梅对文学30多年的坚守,完全是清醒的内心坚守;是自觉地对梅溪河边硕大梅树的坚守。

　　梅溪河水,年年流;梅溪梅花,季季开。

　　芳梅,难能可贵。

2012,七夕红梅诗会间

我的血型是玉树

去往大别山的路上怀想一个别样的人

在酷热之夏，从常州去往大别山的路上，是一天艰辛而寂寞的旅程。不知怎地，上车发现，这次的行囊中有了一份厚厚的诗稿。这是昆山诗友黄劲松近期的诗作。行前我曾应允劲松，拜读完诗稿写上感想之类的文字，就将一沓诗稿放在书桌上，以便从大别山回来后遵嘱照办，却未想劲松的诗稿如诗魂般占据在行囊中了，心中不禁为诗缘喜悦。一天的孤旅中有事可干了。前座旅客拉开车窗想做点什么，一阵车风刮起手中的诗稿，纸边如刃，劲松的诗稿划破了我的手腕，一如他相赠一截昆山红丝线粘贴在腕伴我行程。

逶迤大别山路狭小多弯，一边是沟壑一边是山壁，在这样的路上读劲松的诗稿别有一番意味。

著名符号美学家朗格有一说艺术是人类情感的符号形式的创造。照此，偏爱中国悠久历史的劲松对历史题材的发掘，是他表现情感的非推理性的表象符号，同时，也是劲松思考的理性寄托载体。《读苏州》《干将路》《吊韩侯祠》以及《西施》《杜丽娘》等篇什的深层意味、深层的感情激荡关注点是什么呢？劲松背倚漫长历史构建的长廊，面对当代社会现实世界的缤纷嘈杂，他冷静地思考，深重地忧患，犀利地批判，凭借一口韩侯祠的漂母井，劲松举起弱臂喊出"为什么只有平庸／才能得以永恒"；凭借一本苏州这样的二千五百年的巨著，劲松裹紧瘦衣真挚地说"建议你认真地读一读"；凭借一只多情的黄鹂，劲松拿起瘦笔在拙政园写下"请你不要嘲笑我／和你的主人一样／我的心灵需要休息"。诗人劲松在这里提醒我们的仅仅是这些汉字或者仅仅是这些汉字的意义么？作为浮世的寄居者，诗人不是常胜的君王，更多的则是浓稠血浆的迸放。劲松怀慧抱朴的诗歌语言，完全可以立在今天的临界点上与昨天渊源历史对视，与明天的文明后裔对话。劲松在追求诗歌和演绎诗歌之时，他不再追求个人言语的痛快和心灵的痛快，而是追求着整个社会都要痛快。

具含内在张力的劲松，还孜孜窥探现代人心灵深处的幽情壮采，他的诗歌倾向已不再是一桥一水一花一木的具体的写实表述，而是去塑造浑然和谐的勃勃生命之力，他以为大自然和人类难解难分的关系，已经由生活的关联演化为情感世界和生存之境的门闸，从而构成人类精神生活的一部分。

"此岸与彼岸的距离／遥远却清晰／长长短短的跋涉／一滴泪就是全部意义"（《一滴泪》），"昙花是我的灵魂／是我在深夜的一次短暂呼吸／这样潮浊的空气／火焰已失去本质的意义"（《昙花》),"一个人就是一颗耀眼的星星／一个人站在那里／为大地传导着永恒的温馨"(《一个人就是一颗星星》),"一个宽阔或者狭窄的名词／一个生长花朵或者荆棘的名词／一个让虚弱者迷失／让风骨支撑起未来的名词／一个需要用一生中的最后一滴血液／书写完整的名词"(《路》),读到这些诗句,一种清馨的气息,一种品格的意境,一种幽远的情调,从劲松的笔管里汩汩流出,心性平衡的劲松又不乏心性激荡,他对汉语母语的掌握和运用,他对精神深处的体味和感悟,使其诗歌表现力达到了一个境界。真的。

诗的内行人能够直接触及诗的心脏,能够在自己的心中感受到诗的心脏在跳动。凡是没有心脏跳动的地方,就可以断定那里没有诗。读过劲松诗作的人,都能感受到他诗的心脏在跳动,都能感受到他的灵魂在每首诗中的跃动。双眼敏锐的劲松比眼下许多诗人都明了我们的时代需要什么样的诗歌,民众需要什么样的诗歌。他牢记着一则古训:有事多拾粪,没事少赶集。在往观四荒的寂寞中,韬光养晦,探求诗歌底蕴,虽然他一走上诗歌道路便强调诗歌的社会责任和价值,但他从没有把他的诗歌简而化之为所谓劝世说教的警世格言,他知道诗人只能以诗的方式说话,以审美的方式进入世界。于是乎在关注着民族的、人类的精神命运的诗歌写作中,劲松那大气大势的思维和笔力所反映的诗句便在广大读者中传唱。譬如《英雄》,他说"真正的英雄／是一团内向的光／我们看不到／却能感觉到"。譬如《必须保持灵魂的平静》,他说"必须以一种深邃和高贵的姿态／保持灵魂的平静／深谷的岩石上开出幽兰／断弦的山泉里奏出梵音"。再譬如《中国报道》《我的中国》;再譬如《中国荷》《光荣与梦想》，这些迸射着大魂灵大魂魄的诗作，对于劲松本身，没有坦然之襟怀没有坦荡之心气是不能成此颇具力度厚度的诗作的。

我俩曾在昆山文联的糊涂楼彻夜长谈，时间不知不觉地在黑夜中行至太阳启动升腾的时刻。由于诗缘，由于共同的爱好，我们谈得很投机，也无照顾情面的遮拦，我说了些他创作中存在的问题，但这并不影响我们可以明了劲松流露的真情。

真实的写作是寂寞的。寂寞之中的事业是美好之人的孤苦事业。特别是诗歌写作。就像我眼前所看到的大别山路。不知道我在大别山转悠多少时间，就像劲松不知道自己在诗歌创作的道路上跋涉多少岁月一样。千里之外的我，只能在大别山的路上怀想一个别样的人，一个叫劲松的别样的诗人。

2001.10

我的血型是玉树

与泥土的喋血之恋

如果要用一个词来概括王亚平的陶艺风格，我认为是：精彩。这种精彩程度涵盖着王亚平对任何一件陶艺作品之本源——泥土的认识。同时，这种精彩程度也涵盖着王亚平所表达的创作情感是朴素与诚恳。正如文学大师契诃夫所说，任何一件文艺作品的"首要魅力就是朴素和诚恳"。显然，王亚平正以饱满的激情走在一种对泥土认识的境界上。

静静观赏王亚平的陶艺，真的被他来自内心世界的情感所感动，所震撼。泥土依照他的感想揉捏，形状依照他的才思塑造，色彩依照他的性情显现。赋泥之音，赋火之色，赋水之性，赋陶之生，所有表现出的陶艺特质，都在大势大气的美学中，尤秒其让你想象不到的是，作品细节部位的设计制作，凸显出他的才智。《流》（724mm×1024mm）以刚刚淬火的古铜色面貌而出，是陶土？

是青铜？作品横溢出的沧桑故事似乎在娓娓叙述着历史；《山水》（40mm×16mm）想象奇特巧妙，充分反映出他日常生活有极其敏锐的感觉，一截看似木头的形状，却以狂放的具有时代特性的"山水"二字凿入，特别是"水"字，通体布局，如同木头裂缝而显出岁月之坎坷，又如养育王亚平生长的那条细长的古运河；《源远流长》《阳春白雪》《秋月春风》《山雨》等，透过这些看似单纯的作品，我们已经看到一位艺术家对他擅长在日常生活中发掘普通人生活状态中的美，并由作品折射对简单道具的叙述达到对心灵透彻的关注，这正是王亚平陶艺的高明之处。这类作品，给人的视觉好像王亚平在制造一个或奇特或故弄玄虚的场面，但通过这个表象，我们其实领略到王亚平在冷静思考中，庄重的保持着舒缓而厚重的叙述节奏，简洁的结构、诗化的手法、多样的布局、形成了王亚平一种平实大气的陶艺风格，这是王亚平对陶艺本质所表现的从容与自信。

《方正系列作品A》《方正系列作品B》《源远流长》等是王亚平的一组力作，给人一种震撼，而这样的震撼之后是自己整个被浸泡在舒适的温水中，泥土的坚硬岁月的往事一起会润化开，波澜大水与壮阔大山即刻在胸腔升腾……王亚平的作品就是这样，在震撼我的同时深深感动着我，于平实中蕴藏着震撼的情感张力，于震撼中又蕴藏着平实的温润力量。其形没有故弄玄虚，其状没有刻意营造，其意没有怪畸奇异，所有的作品都是王亚平掸去了身心尘埃，潜心面对泥土所发自内心的诚恳对话。其实，这里已经道出了王亚平的艺术观：陶艺作品和文学、舞蹈、国画、书法一样，都是一种控制的艺术，布局严谨，形象简洁，笔墨峻峭，或现一种氛围，或呈一个印象，或取一个片段，或倾一种情绪，由此构筑起属于中国传统文人精神境界的生活家园、自我追求。一件件作品矗立着，似乎是王亚平文人心态的一个个标本，感觉现代人为失却精神家园而追寻不已，我心即心，心归自然乃是。

沉厚雄浑的《砥柱》《六顺》《方正壶》等作品，可见王亚平体内轰响着千万个灵魂的声音，都能被他体验到，而不是把自我关闭起来，放大自己的小家子气。从中体现着王亚平的灵魂是自由和无边界的，作品中洋溢着对泥土的热爱对劳动人民的热爱，在创作过程中使现实主义在开放性的兼容并蓄中获得新的光彩！

创造之顷，王亚平将献出与泥土的喋血之恋，留给自己的只是——素白。

喧嚣现实中有个诗歌情怀的人

认识他似乎一百年了。

认识他似乎又是昨天。

与一群爱好阅读诗歌写作诗歌并努力追寻诗魂的人同在一个城市里生活，我时常觉得是上帝的安排，就觉得很快乐。因为我常常接到一位坚定不移追寻诗魂人的电话，他诗歌般抑扬顿挫的话语立即让我浸淫于诗歌氛围中。亲切。要知道，在眼下喧嚣的现实中，谈论诗歌已经是极其奢侈或者不着生活边际的事情了，但是，我们在谈论着。电话那头，就是永远不会更改诗歌情怀的杨恒学。

杨恒学是苏北大平原上生长的农民儿子，在苏南这座城市里，他的工作是一桶一桶给客户送纯净水。就像小品演员赵本山出演的穿红马甲的送水工一样，艺术作品中的送水工赵本山因为巧遇可以给人家当干爹，现实生活里的杨恒学没有机会当人家干爹，他只能是千家万户的送水工，是这座城市的送水工，因为这座曾经生长在水上的城市如今缺少水。

杨恒学每天清晨扛着水桶出门。

杨恒学每天晚上扛着诗歌进门。

常州这块文化厚土，很容易接受勤劳的人，更容易接收爱好文学的人。于是，蜜蜂一样的杨恒学便高频率地振翅飞翔，在常州这块春天般的菜花田地里采集着诗情。一个人闯进城里，在陌生的城市里打拼，他的艰难我不得而知，他也从不对我说起艰难的生活，在一起只说诗歌，只赞美志同道合的朋友，长时间里他都这样，就显出他的品性。但读杨恒学的作品，就觉得他心里有一种隐痛一种牵挂。隐痛来自何处？牵挂始发何地？我想，完全是他在现实生活中跌打滚爬而得到的收获，他就诗意地喊出——活着做人，真好！这个人，真真切切是大写的人，耐人咀嚼，令人回味。

诗歌主体的亲历性与即感性，带给杨恒学诗歌意象是多元和复杂的。

杨恒学经历的景类、物类、人类陌生或亲切，闪现着情感的参与和情绪的张扬，相应达到直白明了的叙事效果：流畅的文思与直线式表达方式，如同滋润的土地和干涸的土地，泾渭分明。他率性而为、发自内心的真知灼见，在诗作里随处可见，诗句虽非细腻但鞭辟入里。

"路东火锅店开张／气球灯笼鞭炮响／观众人山人海／／路西残疾人演唱／盲人二胡调悲凉／观众唯我一人""违法者不该心存

贪欲／即使活着的美好也是煎熬",这里笔锋指向性是非常明确的；还有"肉体与灵魂"的呼喊；还有"鸟伤童心"的诘问等等，都是杨恒学关注社会、关注民众的体现，是心灵敏慧的杨恒学看到了一种对自然和生命的关怀，是杨恒学写出社会最底层的民众在与命运抗衡中的生存本能、泛黄的故事里平添的各自追忆、以及对那些平庸无能却又嫉贤妒能的官儿们的深恶痛绝。

显然受到中国民歌影响的杨恒学，无论是写出《活着做人，真好！》《母亲的葬礼》还是《深秋的落叶》《盆水映月》，他都借以传统民歌的传统语本，把关注社会、关注人类命运作为自己的使命，正是怀着这种使命意识的杨恒学，凭借诗歌形式向生活向民众发出铮铮叩问、发出温馨关怀。

杨恒学的诗人视角一定是紧贴大地的。

在这本诗集里，杨恒学以对生活的敏锐观察，对社会的热忱关注，向我们展现了一幕幕回肠荡气的情怀。

杨恒学曾经对我说过：诗歌创作能给每个人带来一种人格，也带来一种审美力量，更带来自我的逐渐完善。他的这番话，是构筑在什么支点上？无疑，传统诗歌教给了他大道大理，传统诗歌也教会了他大观大察。在博大精深的古典文学中，他注意吸收民歌和古诗的营养，"尘间几浊处，山中一净土。"而杨恒学的石板竹椅台，处处有他酷爱的文学，处处有他写下的诗歌纸签，在他闪烁着诗歌光芒的朝阳路上依次摆放。因为，杨恒学拒绝浮躁，坚固地将肉体和心灵囤积在属于诗歌、属于苏北大平原的美丽家园。

我记着一位喧嚣现实中有个诗歌情怀的人。

我的血型是玉树

我记着一位把诗歌与生命融合到一起的人。

小常州里普通的送水工。

大常州里难得的诗人。

2012.12.12

诗人宝光

时已夜半。

在我的书桌上,一本红漆布硬精装的诗集,在灯光下泛着厚重的光泽,而书名是烫金的,闪着金黄的光芒。是宝光的诗集《水做的玫瑰》。印数:200册。

打开封面是宝光的照片,很精彩。其精彩有二,其一,为宝光的形象只占据着16开扉页的六分之一,在左下角。宝光背靠着的墙壁上疏密有致的铺着藤蔓,就像他书写的汉字。其二的精彩是宝光人像的阴影部分,眼镜、镜架与脸的轮廓的构成,显出宝光另一层面的鬼才、灵性和深邃。虽然宝光有着板寸头发,有着胡须,着圆领衫,故作老成,但宝光沐浴在阳光下,依然的年轻。诗的年轻。

认识宝光是在1985年吧。

那时我在金坛印刷厂,那几年厂里承印《翠苑》杂志,有一

我的血型是玉树

次，一位常州诗人来金坛，向我介绍到宝光的作品。我便认认真真读了他发在《翠苑》上的诗歌《黑屋》。这首诗歌无疑是先锋性作品，就以为他应该是哪所高等学府里的，诸如应该是北大诗社、复旦诗社里的诗人，因为《黑屋》作品里流露出的才情是很充沛的，诗歌表现手法也很前卫。

后来的1989年，我来到《翠苑》当编辑，认识了宝光，也熟悉了宝光。

从一位诗友那里知道宝光的生活窘迫。他曾经在袜厂工作，厂不景气而推销袜子，只拿200元的生活费。我请诗友转给宝光300元作生活聊补，并再三嘱托不要说是我给的。没过几天，诗友又将300元退我，说他不接受并转达谢意。

后来我与宝光也时常见面，在大街上或者在小饭店里。

有一次，遇见宝光带着夫人和儿子在西瀛里的裕芳斋饭店吃饭，见其儿子已少年模样，便与其拉呱了起来。记得我当时对宝光的儿子说了很多话，大意是：你的爸爸是一个了不起的爸爸，你的爸爸不光是一个工人，更重要的，是一个诗人，我们常州有几十万工人，但你爸爸那样的诗人就一个，如果我们常州还剩下诗人的话，那便是你爸爸！你要为有这样的爸爸而骄傲。当然宝光的儿子对我说的话是是懂非懂。十来年过去了，不知道宝光的儿子现在是如何看待他的诗人爸爸的。

其间，我与宝光的联系一直未中断，始终保持着通信。直到2004年的金秋，宝光在一个他"体验生活的地方"给我寄来了一封信，信封上还剪贴了一个美丽的外国女郎（可以想象，当时的宝光从杂志、画报上肯定偷偷剪下不少这样的美女),并在信里夹有他写的随笔《秋怀》,是发表在那个地方办的报纸副刊上的。一个个汉字,透出宝光一种勃勃的诗心,也透出对美好生活的向往。现在我们是经常见面,有时他嘴上会操纵着漏风的普通话,说着对当今诗坛的看法,不乏精辟。其精辟之论,我想,在宝光的作品里是可以领悟的,更可以从《水做的玫瑰》这本诗集里,看见另一个宝光——纯粹的诗人宝光。

要读宝光的诗歌,首先自己的要清净下来。清静下来看一个人的优秀之处。

现在正当是读宝光诗歌的时候。

夜半了。

2008.8

血脉里固有的文学欲望

知道徐澄范先生是在 2004 年的春天。在大量的来稿中有一篇散文《礼物的意义》，因为就是我们本地作者，自然给予着更多的关注，我就编发在那年第三期的《翠苑》上，那时我尚不知他是一位领导干部，之后又相继编发了他的随笔《莎特与波伏娃》等。直到 2006 年的一天，他成为作家协会会员，为办有关入会手续，我才知道他是一位官员，并因为对文学的共同爱好，我们成了好朋友。

早年，澄范先生刚刚面对社会时，映入眼帘的社会是一个特定诠释下的社会。他当过工人，有过十年共青团干部的工作经历。他所经历的时代，正是极端压抑人性的本能欲望向着精神释放的转换过程，传统体制下的文学倾向已经导致了文学的失落，"教育目的"成为所有文学作品的固有主题。在压抑人性欲望的年月，正是澄范先生生命中勃勃生机的年月，这段年月给了他传统文化的影响。新文学时期以来的多元化进程，对澄范先生有了更深邃的影响，其间，他阅读了大量的中国名著世界名著和西方哲学，从中知道，无论社会发生怎样的变化，社会总是在以螺旋式的方式向上发展的，文学对具体人的存在的关怀、对人的心灵世界关怀的性质是不会发生变化的。这个认识，使澄范先生面对压抑着思想释放的那段时光，内心却不能够压抑住文学欲望，这种血脉里生成的欲望，使他每每读到流传千百年的优秀文学作品时，对中国汉字的亲情和灵动，对社会和民众的关注，其范围远远超出畸型年月强加自己的枷锁式欲望。因为那时蚕茧般束缚的"假大空"正被正直的前辈和后来者在挣扎着捅破。

澄范先生自觉的人文关怀的凝重目光与抒情质地，在新文学时期以后得以充分发挥，大量的阅读、深度的思考以及家庭的文化熏陶使他知晓，自己这辈子无疑将与文字打交道，一种来自血脉的爱好让他看到"作家"二字在天庭若彩虹般摇曳，又如大山厚重，内心决定的魅力千年的文字方向，使之认识到，衡量一个作家思想境界的天平，它在某种意义上决定了一个真正作家能够走多远的问题。托尔斯泰、巴尔扎克、司汤达、陀思妥耶夫斯基、杜拉斯、李白杜甫曹雪芹等光辉的名字，已经延伸着成为他人生努力奋斗的标高，作为一名作家，走进自己生活在这块文化底蕴深厚的地域，并为它写作，是一个作家的责任，于是乎，澄范先生关注着这座城市以及所生活在这个地域的生存环境，关心着这个城市民众的生活质量和精神层面，更有他们的命运。我们可以从澄范先生的"人生感悟""世象新说""生活天地"等章节里得以窥见他的心灵诉说。

我的血型是玉树

　　澄范先生的这些文字，更多地体现了当今人类共同的主题，因为人类社会在物质欲望普遍满足的同时，精神欲望的提升当在首要，诸如我们现在提到的人文关怀、环保意识、山水之美等。澄范先生在繁忙的工作之余，在他的书桌上极力用文字记录自己的所想所言所悟所思，他以一幅幅画面在与读者交流。真挚情感的交流。心的交流。澄范先生将多年来的文字汇集成《长处乐》，呈现在我们面前的叙述语言是简朴的、自在的，情感是质朴、纯真的，一百多篇文章蕴涵着澄范先生对生命的诘问，对青春岁月的留恋，对读书的记录，也包括他对社会的希冀与批判。读澄范先生的文章，我深深感到他从文字里透出的谦和之气，感到他来自血脉里固有的文学欲望，感到他清醇的没有遮掩的灵魂。虽身为官者，却不乏当今文人的精气神，生活里的文学行为不断在滋润他并引发他新的思考。

　　静读《长处乐》，我至少这样以为。

一个从文学发轫的人

因了工作关系,我主持着常州《翠苑》文学刊物的编务工作,阅读稿件是我每天的功课。

大多的时候会连着几周读不到令我叫绝的稿子,这个时候就会心烦意乱,觉着当编辑的枯燥,而突然读到好稿子时就兴奋起来,于是扔下其他的稿子而专心阅读起来。

凌洪新的短篇小说《前黄镇》就是在这样的情况下映入我眼帘的。

那时,我对凌洪新的名字是陌生的,文末注明的通联地址是溧阳山村的一个地方,也没有作者介绍、联系电话等信息。《前黄镇》是凌洪新寄来三个小说当中的一个,其余两个小说分别是《造屋》《婚事》。之后又相继收到《赎衍》。一个本地作者,一下子涌进这样多的小说稿,我不得不对作者关注起来。

我的血型是玉树

凌洪新的小说，语言虽然粗糙了点，但这类被誉为"乡村小说"的作品，其现实意义并没有被实际性的以盈利为目标的创作倾向遮蔽着，作者仍然以它独有的题材和视野，在表现当今乡村古老土地的变化，农民的变化。无论是《前黄镇》中的吴二、白板、季金根，还是《赎衍》中的建国、《我是你们的儿子》中的赵春生、《红仙》中的红仙等，这些乡村中的人物身上，浓浓渗透着今天的传统农村文明向现代工业科技文明加速过渡的气息，可见，这个叫凌洪新的作者无疑是在用心观察身边的人和事。于是，我选出《前黄镇》发在《翠苑》上。

真正注意到凌洪新，是在半月后，我去溧阳公干，问及文友，凌洪新的近况如何？几乎无人知晓。这从一个侧面，可以看出凌洪新的不善交际和低调。

作为一个编辑，我必须联系到作者，必须有文学交流，甚至于了解作者的生存状况。

辗转多年，我终于见到了凌洪新。准确说，是凌洪新来常州《翠苑》杂志社找我了。那时我给他写信，未曾想却被退回，说查无此人。于是恳请溧阳文联陈芳梅主席帮着联系。芳梅主席电话至这个镇的好友那里（是纪委干部），人家就走到凌洪新家里……

凌洪新来编辑部，手足无措直说道歉。经过交流，我才知道，凌洪新常年在外打工，是做着建筑工地上的事情，老板叫他到哪里他必须要到哪里。安徽、湖北、江西到处跟着工地跑。在这为了生存的奔跑中，我更知道他对文学的一份热爱的心。

凌洪新没有受过正规的文字训练，早年因为父亲的问题他连高中都没有资格进。仅仅是初中文化的凌洪新经常到父亲开的南货店里玩，柜台下有一堆书，是父亲从收购站买来包糖用的，在旧书堆里凌洪新翻到了《雷雨》，于是他拿来艰难地阅读，不知不觉中，一场文学的雷雨悄悄倾斜在凌洪新的心里。

为了生计，他当裁缝、做过皮鞋、在服装厂做过、自己也开过台球室，生活的磨难锻打着凌洪新的心智；人生的喜悦、愤怒、揪心也深深潜藏在心里。于是，在经常来台球室玩的陈老师鼓励下，凌洪新开始用汉字写出身边的一个个人，一件件事。凌洪新小说中的人物，几乎都可以在凌洪新身边找到原型，每当一个人在心中活灵活现出现时，凌洪新的心里就觉得凝聚太多，他必须告诉大家世界上有太多的不公平，有太多的人生苦难，有太多的情感纠葛，这些都成了他写作的动力。凌洪新知道，自己只是芸芸众生中的一个，但可以用自己的笔将身边人的苦恼困惑写出来，在写作时，笔下流淌的，是凌洪新真正的情感，只有这个时候，凌洪新自己才感到，一种内心情感的抒发。

文学创作是一项无人喝彩的事情。

凌洪新默默地写着，他知道，任何人在文字面前都无法将自己的灵魂遮掩，作为实现自己意义呈现的唯一立场，必须珍惜仅有的时间坚定的写下去。在工地上、在出差途中，甚至在回家休息的点滴时间里，他都会利用起来记录看到的听到的人间事。写作，对于凌洪新来说，已经发生了质的变化，文学创作的孤独与冷漠，给凌洪新增添着力量，而话语实践中的文学行为，也促使凌洪新不光从单纯的经典文本汲取，更主要是工友、乡人的经常性活动成为他提炼文学的方法。他从"小我"这个角度去观察他热爱的乡村和民众，关注这个日夜不断变化着的时代，以及这个时代所出现的人。他在用自己的体温去生活，去写作。

小说最基本的东西，也是最难做好的东西就是——情节的发展要合乎逻辑，人物要生动鲜活，语言要灵动机敏，面对小说凌洪新没有太随便的写作，而是尽可能的严谨。凌洪新目前的小说还存在明显的不足之处，就是文学的准备欠缺了点，小说的叙述缺乏灵性，人物不够丰满。这些，对于凌洪新来讲，都是可塑的空间。

但是，一个从文学发轫的人，已经没有谁能够阻拦他在精神上向前的力量了。

来自陶都的沉思与激情

20世纪的80年代初,我经常到宜兴会文友并在丁山小住。在这个谓之陶都的小镇上,每天的清晨,我总被叮叮当当的悦耳声所击醒,后来知道那是窑工在检查陶制产品的质量。在蠡河边的叮当声中,因为诗歌,我与范双喜相识了。那时的双喜还在药厂当工人,瘦弱文静,但每一块骨头都与诗歌有关,在一起时虽然不多言,但却展现着对诗歌的真诚目光和关注人类生存的忧患意识与文学元素。后来我到宜兴,也受邀到他家小住。那夜,在他的小小的书房里我们就着清茶,聊着我们知道的天下事,当然主题总是文学,双喜也拿出他的诗稿让我阅读。我没有任何理由来扼杀他当时写出的诗歌,稚嫩的诗歌也是诗歌。

谁也无法阻止这个西氿边的诗人在茁壮成长——因为当时双喜的家庭,交织的温馨与艰困在锤炼着他的品行与意志;因为当时双

我的血型是玉树

喜的书房，竖着的书脊如一株株五彩树滋养着他的灵性与才情。

那夜的时间有意延长给了我们，直至黎明。

之后，我到一家文学刊物供职，便不断约他的诗歌，因为经过十多年的时间，双喜的诗歌作品已经有了一个质的飞跃，这种质的飞跃其实来源于他严格的文学修炼和品行修养。

今夏，省作协的读书班在宜兴之地举办，有一堂课是苏叔阳授课，我与苏先生有过多次接触并请教有关创作上的问题，便也想拉上双喜来听，我与双喜通电话，惜他有事情没有到场，电话里才知他创作了长篇小说《不谈爱情，别伤心》，目前正在修改中。终有读到这部长篇小说的机会。知道诗人写小说总是很好看的，苏童、余华、阿来等等都是写诗起家，后来写起小说来顺溜着呢。

果然，双喜的长篇小说《不谈爱情，别伤心》，从结构也好，从语言也好，从故事情节也好，都是不错的，一出手就是力作，难能可贵。这是一部与爱与婚外情有关的长篇小说。双喜运用着娴熟的诗歌语感和韵律，讲述着一座城市中的人与人、人与情、人与钱、人与事、人与性、男人与女人或女人与男人的故事。

双喜所生活的城市，是苏南经济发达的城市，各式人等都在双喜的目光之内，种种现代生活的方式烂熟于心，而作为作家的双喜清醒地把握着城市人脉搏，他让这个城市成为自己情感思索的硕大的显影器，将所有人的真善美、所有人的欲望与所思所想凸显而出，来自民众的故事始终是极致的暴露，使他描写起这样的一群人得心应手。双喜的笔下折射出城市生活中的温香腻软，以及冷峻自持与无奈，展现着同一个城市中人们不同的生活处境和命运选择。

在不徐不疾的小说叙述之中，双喜的一百双眼睛，都在灵魂的各个方位上闪发诗歌的光辉，闪发小说的犀利，因为键盘前面的双喜，有着诚实善良的诗人品性，有着对社会、对生活的忧患意识为内核的厚重思考。他关注着民族的、人类的精神命运，拒绝着个私化的情绪诗歌写作以及个私化的小说写作，拒绝着在象牙塔里构造精致的语言花园的创作。在这部长篇小说里，其简朴的叙述语言的射程，都在目光所及的厚重与沉思之列，也在他勃发的激情之列，通篇传达出双喜对生活的思索与忧患意识。

小说里出现的人，如男主人公"我"、杨苇、金熙、章洁、陈丽等，都在双喜的笔下，严峻地袒示出他们各自的喜怒与悲凉，这部小说可读性强，其情节也如一水五折，矛盾迭出，悬念不断。许多场景的描写或者细腻的语言里，也蕴涵着生活哲理。如"从一个纯洁的少女演变成一个'鸡'或者说是十足的荡妇需要多长的时间？是一个念头、一瞬间、一年，我也说不清楚。""啊，你在新华书店？我也在的啊。听金熙说她在书店，我马上转身找了起来。这一转身，还真的看见金熙在书店最里面的书柜前拿着手机正朝我张望呢。不知真是缘分，还算是冥冥之中的巧合。我和金熙相视一笑，便慢慢走向了一起。"

对物品的描述也让我惊奇，真不知双喜怎么能够陈述得如此详细——"是啊，我知道这是装饰品。我说道，这种柳树条是把外面的皮剥掉，放在有防腐剂的水里浸泡后，再经过高温处理就呈现出这样白色的坚韧长条来。现在许多宾馆饭店和娱乐场所都把这种柳树条作为一种艺术装饰品来点缀房间的，但首先是不能用这么多的

我的血型是玉树

柳树条胡乱放在一起，堆在角落；其次这些柳树条要放在玻璃壁柜或者是放在有造型的木架上，再配以彩色的灯光打上去才能体现出它的装饰效果来的。现在你背后竖在那里的那些柳树条，已经不是艺术装饰品了，而是农村家里烧火的柴条了。"这无疑是双喜对生活的观察，无疑是热爱生活所致。

《不谈爱情，别伤心》，在双喜这个长篇小说里，情节发展合乎逻辑，人物生动，故事丰实，而小说最基本的东西是故事，是所有小说家最难做好的。双喜一出手就做得比较好，基点在此，谁都真诚地期待着他以后会有更好的小说力作。

作为脚踏在陶都坚实土地上的诗人，可想他在创作时一定激情迸射，因为在我读完这部作品时，觉得小说里包含了他的心灵独白，包含了他在喜怒哀乐中进行的思索和选择。正如他在后记里所说——我也没有带一把道德的标尺去衡量和评判书中的人物，我所要表达的是现代人在婚姻以外面对爱情、情感或者说诱惑的一种艰难、尴尬和痛苦的抉择。

说不定双喜又将借助小说这样的形式，把这个城市的生活底细全部抖落出来，作为时代档案，作为民众档案。

忧伤彼岸家

20世纪90年代,安徽太湖大山里的青年吴振宇以优异成绩考入南京大学中文系,远离家乡的他开始了在异乡的独自生活。独自生活返回给他更多的独立思考。他的家乡在徽州文化、桐城散文流派、黄梅戏发源地三地交汇处,有意无意间受三种地方显学的影响,他的聪慧使得成绩一直名列前茅。终在毕业前,常州市在实施引进文化人才工程中,经过考察将他直接从南大引进常州市文化局。一天,局长童方云先生告诉我说引进了一位高材生,小伙子写的散文不错,你关注一下。文化局和我供职的单位就楼上楼下,方便。于是我们相识了。

作为常州《翠苑》编辑,发现有才华的青年作者和他们的作品是我的责任。吴振宇,经过阅读和交流,我便将他列入常州重点作者名单中。

我的血型是玉树

这次入选江苏省作协的"一丛书",是继金磊、苏阳、谢华之后,吴振宇第四位获此殊荣的青年作家,他的散文集名为《彼岸是家》。他说:浅层次上来说,是因为这本书有很多对故乡山水人物的描写,寄托了对于家乡的深深感情;而深层次的理解,就是我们在这个物质的世界里渐行渐远,如果偶一回头,比如夜深人静的时候,比如灯火阑珊的时候,或者鸡鸣五更的时候,我们会发现,彼岸有一个温暖的精神家园一直在等待着我们,那是我们的家,简单、纯净、透明,无关功利。

在我写这些文字的时候,吴振宇刚刚携妻女从安徽老家回来,他告诉我说在老家5天,天天转在大山里吃饭,大山里,信号差,接不到我的电话。

吴振宇的生命之根在那座叫大别山的山里,家人、亲戚、朋友以及显学的地方文化,都给予他一种多思的才情和纯真的心地,他在享受随便走到哪座山里都可以吃饭、聊天的骄傲。可在繁杂的城市里,因与这座城市格格不入的人际关系和生活方式,他也受尽了孤苦和委屈,然而庆幸的是,他也触摸到这座城市敏锐的信号与自己血脉的起跳有共同的振荡点。博大精深的中吴文化同样像他老家的显学撞击着心灵,他留下了,连同他的文字和魂魄。

吴振宇坚信,现代社会无论物质多么发达,精神庭院必不可少,甚至于物质和精神是成正比的。越物质,往往导致的是越孤独,从而也就越需要一座精神庭院。所以在物质和功利的世界里迷失自我的时候,我们不妨向灯火阑珊的彼岸看一看,那里天是蓝的,水是清的,人是善良的,感情是至真至诚的。而这些,也恰恰是《彼岸是家》这本书所要传达的内涵。

《彼岸是家》，是沉淀在作者血脉里的家乡的家。挑水、打柴、放牛、打猪草的兄妹，甚至于一担冬笋的背后，甚至于一声大伯的呼喊，这些细微生活里发生的事情组合成了吴振宇心中的家，真诚比真实更进一步，它在真实的基础上寄予了作者深深的感情。比如《那年烟花别样红》，写的是一个为家乡人所敬重的在城市工作的大伯，他为家乡操碎了心，直到临终前还反复叮嘱作者去寻一个身世悲惨的堂姐。末尾，作者饱含真情的写道："过年了，万千的烟花升腾了起来，红的、黄的、紫的，碎花的、银花的、大碗花的，绚烂了小城镇沉沉的夜空。我独自走在街上，想起了那年伯伯说过的话：'兄弟姐妹们原本就是一个根上的，彼此要相亲相爱，互相帮助，永不嫌弃。'伯伯用自己的一生践行着对父老乡亲、兄弟姐妹的承诺，树立起了一座血浓于水的情感丰碑。"类似真实人物、真实情感的描写，在《彼岸是家》里俯身可见。每一个人物，每一个情境，都是作者亲身经历又饱含感情在叙述着，因此予人以强烈的震撼。

吴振宇的作品是正道的。就如他的为人，善良着，诚实着，并爱憎分明，痛恨着狗苟蝇营的举止。他始终认为文学创作要自然和谐、水到渠成，用朴实的语言体现一种意境之美。这也是他所追求的方向。《彼岸是家》这本书里很多地方都体现了作者的这种追求。比如《无声黑白》里，作者把生与死的世界比喻成了白与黑，并形象地介入了围棋棋子这一中间介质。文中开篇就写道："和她下围棋是很多年前的事了。两个人，在简陋的单位宿舍里，一张桌子，有洁白的纸垫在上面，然后是棋盘，白色的棋子和黑色的棋子无声地缠绕在一起，从东南一直到西北；窗外有雪，紧一阵慢一阵的，无声地落在宿舍楼下一排苍翠的冬青树上。"如此凄美的画面，与后来她生病离去形成鲜明的呼应，让人直面感觉青春和美好实在脆弱，因此要对生活以及身边的人倍加珍惜。

譬如借助冬天的树林这一介质，描写了一个男孩和一个女孩的凄美爱情。

譬如以母亲细细密密的在鞋垫上、枕头上绣鸳鸯为介质，描写了一个少女从十七八岁嫁人到逐渐老去的孤独和寂寞。

譬如《夫妻河》、譬如《五班有个女孩叫月禅》，这等意境之美在许多篇什里都有体现。

阅读吴振宇的作品，你会发现他关注的基本上都是小人物，其中弱势群体尤其多。很多文章里都一种悲悯的情怀，这也是作者文风略带忧伤的原因。"如果你听着我的歌儿落了泪，那么你不必问我你是谁"，吴振宇就是这样的人。他从农村到城市，经历坎坷，长期在底层挣扎，所以于民间疾苦所知甚深；唯其经历，所以感悟，所以感同身受。他笔下的小人物往往都有一种在困境中的坚持、坚守和渴望，作者把眼光聚焦到他们身上，体现的是一种发自内心的人性关爱。他在《向阳花开》里，描写了一位租店面卖衣服的阿祺嫂，生意很不好，每月等着丈夫从外面打工寄钱回来，有一天，丈夫从工地上摔下来，阿祺嫂一家失去了生活来源，店也关了，但是作者仍旧给他们以希望："我记得有一年跟阿琪嫂说起过向阳花的典故，说是向阳花开，代表着一颗红心向太阳，很忠诚呢，阿琪嫂却笑着说，那是你们文人的理解，对我来说，向阳花之所以向阳，是因为它渴望温暖呢。"在《苍生》里，描写了一位从工地上掉下来的工友，因无助而找到作者帮他打官司，费尽辛苦才赔到了一笔小钱，然而工友已经很感谢了。母亲还说："你还记得小时候我们担柴上街去卖吗，100斤的担子挑了25里山路，人家才肯给两块钱，不过我们还是很开心，毕竟卖了两块钱，生活就有了希望，总比什么都没有强吧？再说了，人家也不容易。"作者笔下的小人物，是如此的真诚和善良；其他的还有《小本生意》里用多退五毛钱表示感谢的卖气球的女人；有《低至尘埃》里为了帮儿子还债撑着病体卖袜子的母亲等等。每一个人物都体现了作者心目中的真善美，当这种真善美遭遇困境的时候，其坚持真善美的举动让人心酸的同时产生了由衷的敬意，这，正是作者所要体现的人间大爱。

《彼岸是家》有一种淡淡的忧伤，也许，忧伤是因为逝去，而逝去了，才显得一切都那么的美好和值得珍惜。所以吴振宇怀揣一颗渡河回家的心，回到彼岸的那个家，在那个属于自己的生命原点，回望、审视后来创立的彼岸的家，检测自己有否精神的失落？检测此岸彼岸两个家是否融合？是否冲撞？落差多大？

这些答案，唯有吴振宇知。

2014.8

在伊村读书

省作家协会把首届作家系列读书研讨班的"文学驿站"放在酷热的六月下旬,放在南京东郊的伊村,让作家们在这里了解当代文学思潮、研究新世纪文学发展趋势、调整和积蓄文学力量,时间的选择是不是喻示着我要在任何的酷热中保持心静;地点的选择是不是潜在地对我重述着读书、创作与生活的关联?

一

伊村饭店,是江苏省公安厅的一个警卫培训基地,依山而筑,在茂密的树林中有数不清的鸟鸣环绕周身,静谧而安宁,如若光是这样的自然之景倒也显现不出省作协一种潜在的重视,伊村这地方曾经是毛泽东在南京的三个住所之一,在沪宁铁路线上就有一股道岔不显眼地在杂木的掩映下悄悄延伸进来，之后分成两股铁轨一直伸向有硕大铁门紧锁的山洞，离山洞百米处是铁路站台，中间段有一台阶直通站台边三二十米处的平房。虽说是九间青砖平房，但它却是一个历史时代的投影。伊村，对于南京市民来说，是带有神秘色彩的。一个傍晚，以《湮没的辉煌》而获得鲁迅文学奖的夏坚勇、以微型小说而声名文坛的太仓作家凌鼎年和我三人散步走到平房，好奇心让我们像蚂蚁依房而走，前后门都有铁锈的锁，隔着灰尘的玻璃我们只能够看见客厅里的沙发，除此以外我们就看不清什么了，其实连沙发是什么颜色也看不清了，如同我看不清灰蒙蒙的历史。

用什么东西来帮助我去关注历史、关注社会底层民众的生存和当今充满变数的时代，以构成我的写作兴趣核心？作为诗人如何说话？说什么话？话怎么说？其质敏的诗思如何用话语形态表现出来？对于我，无疑是读书、生活、思考。

关于读书、生活和思考，可以说车前子、小海、黑陶、长岛、庞余亮、庞培等诗友做得是相当好的，他们的作品无论是散文随笔、诗集还是小说，只要出手，总能够触摸到诗人敏感的诗心，发现着所在表现的社会、民众（此次参加"文学驿站"，我出行的包里装着庞余亮刚刚送我的《薄荷》和庞培的一朵《帕米尔花》）。

"诗，的确是一个人征服内心一切未解灵魂的试验。"这个源于心灵的艺术可以让孱弱变为强大，疲乏变为充沛，怯懦变为勇猛。它的神奇与伟力于壮阔天地间一任传达和宣泄。

我的血型是玉树

他们说话的形式无论是小说还是散文随笔，我都当作是一部激情浓烈的诗歌去读。于我都有着不可磨灭的记忆和震撼，给我带来诗情传达的一辈子的愉悦，文学力作与诗人的名字一起驻留在心里。从他们的作品里可见丰盈充沛的情感写满了对时代的期盼值，以及自己文学思想的指归方向。当一切活生生的呈现于眼前时，几多惊喜和意外，又是揣着怎样的文化情怀去接近梦想——车前子在黑暗中的"捏造"；小海心中永远的"村庄"；"光与焰"铸就的黑陶、长岛为时代为民族的"承受与表达"；如同生命不能够告别爱情、星光不能够告别灿烂、庞余亮不能够告别的"沙沟"；心怀清气心怀"帕米尔花"的庞培……字字句句完善着有关当今诗人的告白与宣扬，意气风发，刚毅决绝。诗人凭已然的情感爆发点有着一次次淋漓尽致的发挥。历史的直觉与超越，思考中的崛起与升华，感知的领域里在形而上的认识层面上完成了自问式的探索，令人驻足且为之澎湃。而伊村的我也为体验思考社会、思考生活、追求人生终极目标而去阅读诗歌。

主体的亲历性与即感性带来了诗歌意象的多元和复杂，景类、物类、人类陌生或亲切的闪现着情感的参与和情绪的张扬，相应达到了震撼和广泛传播的效果。诗人们流畅的文思与直线式的表达方式，确如同生死两界，泾渭分明，就如始发与诞生之时那般庄重。诗人们以多种形式的说话方式于文坛上歌舞，让读者与诗人一道欣赏着、也惊栗着属于诗的文字。坚忍的诗歌话语的背后隐隐具有了博大与气势的意味和色彩。诗人感觉世界里深细的粗犷的笔触也随时代发展而衍生，就如同史学家汤恩比所归纳总结的那样，一切都是挑战与应战的对应。

毫无疑问,诗歌体是最为个性化的文体,在这个既公开又遮蔽着的存在系统里,写作如同戴着镣铐跳舞,非篇篇心血,字字得意,倒也好诗连连。诗人说话的方式几乎在他们的诗作中叙事性的话语画面感极强,种种生命图案五色斑斓,浓墨重彩,与诗行富于节奏的重音一起铿锵而来,从而自然产生了激荡人心的或未知的愁肠百结之感。艺术审美态度的取舍统率着锐意进取的姿态,营造出整体的刚柔并济,而又重点卓显。因为他们本身不是主角,只是一个个不可或缺的故事参与者、历史见证者、时代记录者,诉说着现代文化的诗性精神。

几乎所有人抱有的坚定理想会随年龄衰老或生存问题而失去水分日见衰竭,就像眼前的九间平房被灰尘笼罩。他们——匍匐于巨大压力重轭下的他们,不会。黑陶庞培不会,车前子长岛不会,小海庞余亮不会。他们存在的价值不是九间平房。

二

在一个早晨,我从那座九间平房前走上站台,又从站台上跳下来,沿着铁轨向前走。我想看看这条神秘的铁轨到底从什么地方进来。越向前走,铁轨两边的茂密树木如同堆砌的甬道,铁轨中间还长有很高的草和细纤的杂树,由于光线越来越幽暗,我以一步一根枕木的步伐就缓慢了下来,以至铁轨掩映在草丛中忽隐忽现,我再不敢前行。林间的鸟鸣也似乎不那么的悦耳,平添一种紧张,似乎更多的是难以言说的恐慌。对自然的恐慌还是对历史的恐慌？说不清。我只得退回到站台。这时，小说家姜滇和夏坚勇已站在那里等我了。姜滇说，走到头没有？我说，不敢往前走。姜滇说，五十年代我知道这里有行宫，但不知道具体的方位在哪里，现在才知道，这里对我们来说是很神秘的，神秘的行宫，神秘的山洞和神秘的铁路。

诗歌本身不是短促的。它对事物的阐述以及诗人本性中的情感抒发没有任何的固定公式。

诗歌不能够单纯地看成是生活的文本，就像那个早晨我沿着铁轨走，那时的我不单单是在铁轨上散步，最主要是想满足一种探究，想看看这条铁轨如何延伸出去。诗歌的持续过程，就像我要探个究竟的铁轨，它只是历史的事件里的一个瞬间过程。但诗歌的本体却与现实是紧紧缠结在一起的。

铁路的铺设都是用来通火车的。通火车是用来运输旅客运输货物的。对于伊村铁路来说，前者是对的。而后者人们就遵从了一种惯有的思维，实际上所有从售票口购得的火车票，任何实际意义都不存在着能够坐着火车坐到伊村的铁路线上。极少人只考虑到伊村铁路的专一意图，而不会解释伊村铁路一时的作为之后的所作所为。

在伊村读书，就感觉到我们的思想和情感通常被一些外部事件所刺激，并往往导致外在的行为。历史事件不同于像地震、海啸、洪灾之类的自然事件，历史不会重演，但独一无二的历史事件往往与已经发生过的历史事件会有着惊人的相似之处。

我不知道诗歌能不能缓解人的现实痛苦；我也不知道诗歌能不能长久的给人以精神的安慰。我只知道诗歌有着现实的限制。就像人们所说的诗歌作品是诗人对社会、对民众、对时代有着一定距离的真挚记录。既然有着距离那就有着限制，现实主义的限制。

　　艾略特在《传统与个人才能》说："诗歌不是感情的放纵，而是从感情中逃脱；诗歌不是个性的表现，而是从个性中逃脱。"现在的时代，需要的是诗人说话，说心里话说真话。不需要诗人的自说自话或无病呻吟的唱歌。

　　读车前子小海长岛，读黑陶庞培庞余亮，他们真实性的充满魅力的作品有深刻的内涵和思想，我在读他们的作品也在编辑他们的作品，也就更清晰的感到他们是文学先锋的角色。我这样固执地认为。因为这一局面的意义，使诗人更有着责任心和时代感，更有一种蓬勃和创造力，让需要告白的东西经过他们对汉字的理解和抒发，就使这个告白成了高尚。无疑，文学作品虽不能够游离于主体政治话语之外，但他们的作品是自我意识的传达和激情的宣泄，张扬着诗情的雅致与情感个性化的传达。无可否认，所有文艺家中，诗人是最具个性的群体之一，无论虔诚或者反抗，易感多发，毅然决绝，在对人生的忧患和自身使命的顿悟里，解读出人格重塑的气力与精神，因为现在的他们不管在写什么或怎么写，他们都是作为诗人而存在的，他们的任何一件作品我都当作是诗歌文本来读，因为他们的生命中似乎与生俱来的诗歌本质中具在的感性美学，在其他艺术文化、商品文化和异域文化的冲击碰撞下，过往凡俗情怀与人情积淀，成就了生命震颤的时代强音符。

我的血型是玉树

完美的作品一样不能避免自身某一方面的薄弱。蓬勃极致的诗情如能与文字处理更为融合则锦上添花,如何突破与创新依然是我们思考的下一个目标。我的想法是"浸润文学,亲近文学"。不知道说对了没有。

"我们的身体是一株植物,开花之后顷刻枯死。"诗人何为?诗人有为!车前子、陶文瑜、小海、黑陶、长岛、庞余亮等诗友一起对我喊。振聋发聩。

刻刀下的绽放
——金坛刻纸漫记

太平天国时期，金坛是双方争夺的战场，人口锐减。

战后，大清朝廷陆续从皖南（徽州文化区域）、河南（中原文化区域）、浙西（太湖流域）、山东（齐鲁文化）、扬州泰州（里下河文化）迁徙外省外府乡民来金坛垦荒，二十年后的金坛县近18万人口中，15万是移民。

随移民迁徙来的还有他们无法摆脱的各地习俗——逢年时乞丐帮所说的打莲湘词和莲湘舞；过节时送春人所敲的渔鼓简板和道情调；丰登时农民们所唱的民歌小调和目连戏；不光有这些移民，金坛又地处上海苏州不远，一些小贩常常结伴到上海跑单帮，亦受海派文化影响。这些因素中，就有通晓剪纸的移民迁入。

金坛，地属太湖流域。包括洮湖在内的九湖区域，物产资源丰富，社会经济活跃，是中国文化传承性最强的地方之一。吴越之地百姓富庶，历来信鬼神、好祭祀。《隋书地理志》就说："江南之俗，信鬼神，好淫祀"。这就促使了民间艺术多元化的发展。

金坛剪纸追述至何时？有人说隋朝。

在我有限的阅读中，没有发现哪本书里有论说金坛剪纸在隋朝就有。扬州剪纸起源隋朝，那是扬州的事；乐清刻纸起源元代，那是乐清的事；蔚县剪纸起源明代，那是蔚县的事。里下河乡民大量迁移金坛也只是明清的事，不能因为金坛有里下河乡民就将剪纸起源妄推到隋朝。

隋朝以后的金坛唐代诗人戴叔伦、储光羲；金坛县令明朝著名官吏涂一榛、谢升庸、张翰冲；清朝县令李淮、史震林，词人贺双卿以及谙熟金坛山水风土的诗人李源；大画家王澍、冯焕卿、民国年著名画家贺公仆等，都心揣民生情怀和对乡土的眷恋，但谁也没有留下剪纸的片语；记录金坛人事的《广雅诂林》《醉六斋诗集》《竹溪诗草》，也没有见到金坛剪纸的只言。

无论是最早与剪纸有关的"剪桐封弟"故事，还是宗懔的《荆楚岁时记》；无论是杜台卿杜甫李商隐，还是孙思邈周密谢宗可，他们对剪纸的诗词以及文字记载，均指长江以北或黄河沿岸地带。

1736年到1799年间，日本著名学者中川忠英，召集16名日本通事、2名日本画工，在清政府派出的7名江南学者配合下，对太湖流域的江浙一带（包括金坛）民风习俗、传统习惯、社会情况进行了细密而庞大的调查，写出了权威性的《清俗纪闻》，这是一部国外学者记述的，对我们了解江苏南部及浙西北清代民俗极为重要的资料。不消说没有对金坛剪纸的记录，就是对整个太湖流域的剪纸也没有条目。

尽管太湖流域的文化样式繁多、内容多彩、底蕴深邃。但是，民间文化很难理出一个头绪，说清一个出处，譬如金坛剪纸。在唯有读书高的帝制社会，也分三六九等的民间工艺中，以材质来区分贵贱的刻纸，肯定是登不得大雅之堂的，历代官府和文人对出自百姓手里的小玩意都是不屑一顾的，极少以文字记录到方志里，读书人也极少以诗词歌赋来描写，他们所感兴趣的，是自然风光或者本区域的诸如干旱水灾的大事件。尤其是御用书家画家，怎么也看不上这种信手拈来的简陋剪纸。即使记叙，绝非完整系统。

之前我阅读到金坛剪纸始于隋朝之说，大概是懒惰文人受扬州剪纸起源隋朝的启发，从时间上往扬州剪纸上靠，似乎也合情合理。金坛自古隶属镇江府，镇江距扬州仅一江之距。且，扬州区域又有大量移民移居金坛。

但是，历史是以实物或文字为依据的。那么，确切的金坛剪纸的历史到哪里去了？

我国真正意义上的剪纸历史，应该从纸的出现开始。距今4000年的高昌遗址附近的阿斯塔那古北朝墓群中，发现的两张麻料纸作材料的团花剪纸，就是折叠型祭祀剪纸，这是我国发现的第一件为剪纸形成提供的实物佐证。在金坛也出土了距今3000多年的周代土墩墓群，考古界在"土墩墓的形制结构、埋葬方式、祭祀习俗等诸多方面取得了重大突破"，入选全国十大考古新发现。在清理墓葬233座、祭祀器物群（坑）229个、丧葬建筑14座中，共出土各

我的血型是玉树

类文物3800多件，虽然这些珍贵的文物具有浓郁的江南地方特色，但是，没有一件是与剪纸有关。难道真的是受每年一度的黄梅雨侵蚀而腐烂了？这不得不让今天的金坛人有些许遗憾。

汉代纸的发明促使了剪纸的出现、发展与普及。我觉得无不与汉朝的冠服制度有关。汉朝基本承袭秦制，直至东汉明帝永平二年，才算有正式完备的规定。汉服具备独特的形式，其基本特征是交领、右衽、系带、宽袖，又以盘领、直领等为其有益补充。绫罗绸缎、各式布匹在剪裁汉服时，一些穷工匠生怕剪坏了昂贵的布匹，首先在纸上画出底样剪成纸型，再粘贴在面料上进行刺绣或裁剪。这就萌芽或培植了剪纸形式。史书中记载了这样一个故事，2000多年前的西汉，汉武帝的宠妃李夫人死后，为安慰汉武帝，齐人李少翁剪了李夫人的影子，汉武帝在另一顶帐篷中遥望好像见到了李夫人的形貌。汉武帝为此作诗"是耶非耶"，立而望之，吟"翩可姗姗来迟"。可以说，这就是中国剪纸艺术的一个品种剪影，最早的文字记载。

而另一种剪纸在民间的迅速扩展，是宗教祭祀活动。

金坛向东，是大片的太湖流域；金坛向西，有著名的教派之一的茅山道教。这一地域民间的宗教祭祀活动非常活跃，它以祭祀器具或饰物的形式存在。道教是一种多神教，金坛的先民认为万物有灵，进而产生了对自然、灵魂和祖先的崇拜，慢慢发展到祖先与天神合一，成为至上神的雏形。鬼神崇拜早在原始社会时期便已存在。先民们将日月星辰、风雨雷电、山川河岳，皆视为有神主宰，因而产生敬畏感，乃对之顶礼膜拜。那时先民们除认为万物有灵而产生自然崇拜外，还认为人死后灵魂不灭，因而又产生了对鬼神的崇拜。各种丧葬礼仪和祭鬼、驱鬼仪式随之逐渐形成，其中大部分已演化为民间世俗，成为金坛百姓精神生活的组成部分。譬如南北朝时期的彩扎艺术，在金坛一直延伸到明清、民国年间。风筝彩扎、狮头彩扎、戏剧人物彩扎、龙灯彩扎、渔船渔具彩扎等等，上面都需要剪纸花纹来点缀美观、说明故事，而且彩扎已经达到了一定的艺术水准。

还有，祭神时，祭坛四周全用纸扎的花朵、冬青树枝、柏树枝点缀包围，花花绿绿煞是好看。台顶还要悬挂各种彩色的幡旗，至于神像前悬挂的纸吊，上面剪贴着各种装饰图案。神筵上供奉的各种供品诸如鱼肉三牲、瓜果糕点上，一概要覆盖构图各异的剪纸，这些剪纸往往都是彩扎工的杰作，讲究对称整齐，大多寓有吉祥的意味，手法简练刻画细腻雕琢精巧柔顺秀美。

今天的金坛刻纸，得益于后者。

明清以来，金坛的娱乐业、市井旧俗、摊贩店铺、手工业、工业农副业甚至交通邮电业，都能见到剪纸的影子，这着实影响了金坛的手工艺人。

明清时期，剪纸即在金坛民间广为出现，其雏形为门笺。门笺是一种有镂空图纹或象形字纹的纸质贴挂物，色彩多为大红，偶有黄绿也是家中有老人去世之风俗，依照俗定之需选择门楣、梁沿、船头仓尾、篷架、神龛等处的边沿贴挂。民间生活用品中的鞋花和窗花剪制也很普遍。其制作不很精细，但情趣盎然，气氛热烈。至清末民初，金坛民间剪纸的原生渠道大致分成两条：一是自发性的，多为自制自娱自乐的鞋花和窗花，其内容涉及花鸟虫鱼和喜字喜娃等，其制品一般也是自用或送给亲朋，多余的也做商品。剪制者以手巧的妇女居多。二是作坊式的，由艺人批量制作出售并以此为营生，最盛时，金坛城乡曾有剪刻、裱贴、纸扎业作坊和店铺三十多家，各有若干客师和学徒。如薛埠的殷德余、殷义兴、后阳的丁锁保、直溪的高王氏、社头的张吉庚等，他们曾是金坛有名气的彩扎业作坊和店铺业主，项目有灯笼、龙灯的扎制裱贴，有门笺、喜笺、花笺的剪刻，还有魂幡和宝盖（一种以芦秆为内骨架、外贴剪刻装饰花纹的纸质冥用品）的制作等，生意兴隆。由此，便形成金坛剪纸广泛的民间基础。

注意，这里还只是以剪中有刻，刻中有剪，如简单的门笺喜笺花笺之类的图案，对于艺人来说这是随手拈来，闭着眼睛都能剪。再则，这些剪纸类的图案用量也不大，相对刻纸的图案用量来说要少得多。掌握刻纸这个技艺的，大多是生活在金坛西部的里下河、河南、徽州、山东的移民后裔。也就是155年前那场战争所带来的人口变革。

金坛剪纸的存在时间其实很久，答案很简单——隐藏在其他民间艺术形式中，只是没有单列而出。对于金坛刻纸而言，是否一定要追溯到隋朝已不重要，依照胡适所说要拿证据来，金坛还真没有谁人能拿出隋朝的有力证据。

这就出现了一个问题，金坛剪纸如灯花、鞋花、门笺、窗花和家禽、植物、甚至钟馗八仙老寿星，都是民俗节庆里依附其他工艺品而存在，没有独立的完整的剪刻纸作品供人欣赏。尤其丹金溧漕河上，每每运往京城的贡品品种繁多，唯独没有剪刻纸。是好玩的皇上不喜欢吗？不是。是没有。既然金坛剪刻纸不是单独存在的艺术形式，那就没有本身艺术主体的题材和完整的表达方式，也就没有体现与时代、与人民戚戚相关的情感、心声以及思想，也就不能成为独立的艺术范畴。

剪刀和刻刀，两种铁质的工具，形状不一，用途不一，这就会形成两种不同的艺术效果。如同中国画的大写意和工笔画，同为中国画范畴，大写意与工笔画在表现手法上风格迥异，作画方式各呈所长，画面效果也各领风骚。

剪纸与刻纸也一样。

剪纸除了要求作者有深厚的民俗功底外，更要求作者有一把剪刀所挟带的娴熟技艺。一张尺幅不大的纸片在手指里翻卷，剪刀在翻卷的纸上信步游走，当作者搁下剪刀，朴素夸张的艺术效果就会激起人们的惊叹，如同近景魔术。剪纸艺人操持剪刀随便走到哪里，都会有相当的表演效果，这种独特的刀剪味正是剪纸艺术别具一格之处。

而刻纸则不然。它可以有绘稿，有刻工，也可以两者合一；可以一次性刻几张，或十几二十几张，甚至更多。刻纸的表演效果也远远不及剪纸。刻纸作品幅式灵活，刻制手法也多样，画面的表现细腻而丰富，构图也精细繁茂，这些又不为剪纸所持有。

虽然统称剪纸，但两者的区别很大，何况还有撕纸、折纸、烧纸、叠纸门类呢？

我的血型是玉树

纸与刻刀，在金坛这个吴文化、里下河文化、齐鲁文化、中原文化、徽州文化、海派文化交相辉映的地方，展开了或雍容华贵或妩媚娇丽的绽放。

这种绚丽的绽放，与一个人有关。

周蕴华。

20世纪50年代中期，金坛陆续分配来一批有志有为有才情的热血青年，他们均是丹阳艺术师范、洛社师范、无锡师范等学校的毕业生：范学贵、周蕴华、汤钟音、路焕云、孟济元、姜兆芝等，作为教师，他们当年的到来为今天的金坛文学艺术奠定了扎实的基础。周蕴华便是其中之一。

1975年，当时的江苏省革命委员会文化局决定在1976年元旦，举办"江苏省年画、宣传画展览""江苏省农民画展览""江苏省摄影艺术展览"，三个展览同时展出，这在江苏解放以来还是首次。于是，全省各文化单位都十分重视。展览通知到了时任金坛文化馆馆长陈杰的手里，他立马将任务交给已从学校调入文化馆工作的周蕴华手上。其时，周蕴华是文化馆里唯一负责全县群众美术辅导和创作的工作人员，于是他通知全县的文化站并在陈杰馆长的支持下，召集朱晓坤、曹忠平、杨兆群、佘云祥、王锦堂、孙庆保、石东礼、刘明、殷卓宁等十多位美术作者来县城举办创作学习班，年画、国画、宣传画、刻纸、水粉画、摄影，类别繁多，八仙过海，目的很简单，就是上省展。最后作品报审，没想到，学习班上最不看好的杨兆群的《大干促大变普及大寨县》的刻纸作品入选了，1976年1月1日的《新华日报》在介绍这个展览时，还提及了这幅带有时代烙印的刻纸作品。

这是始料未及的。如果说，1973年全县中小学生美术作品展览上，由朱林中学姜兆芝老师辅导的杨兆群同学的《八个样板戏》还很稚嫩的话；如果说，"文革"当中，金坛县举办的各类阶级教育展、成果展，城镇乡村的居民们一幅幅带有阶级斗争标签的刻纸不足以让人们关注的话，那么，刻纸这道题现在放在了周蕴华面前——如何让民间的手工形式，作为一种存在的具有美学意味的艺术形式？

说实在的，剪纸刻纸，早先都是灯笼纸扎祭祀过年喜庆点缀用的民间表达方式，解放之后的金坛县人民政府还专门出过通告，要彻底清除封建迷信活动，要破四旧，谁还有胆将这劳什子作为民间艺术来摆弄？

金坛人喜欢把"胆量"两个字放在一起说。其实"胆"和"量"分别是两个涵义。一个人真正有"胆量"的话，"胆"和"量"缺一不可。"胆"是勇气，敢作敢为，"量"是学识，是发现，是鉴别力。

美术教师出身的周蕴华，发现土地里有萌芽，他自然从心底升腾责任感要哺育它长成参天大树。发现，是他的本能，是他具备的"胆量"，再将这种积极滋长的"胆"和"量"定位在理想的标高，这就有了一生努力的方向。本来这是一个私化的理想目标，谁也不知道在几年后，经过周蕴华和学员们的不懈努力，居然成为这座城市的璀璨名片。

1980年加入中国美术家协会的周蕴华是当时镇江地区的第一批

我的血型是玉树

全国美协会员。他不光喜欢国画，那时也喜欢刻纸，更主要是一种责任的驱使，他不想做一个平庸的美术工作者。学美术的周蕴华，当时非常喜爱宜兴的民间艺术家芮金富的剪纸作品，芮金富的《高尔基》在苏联的《真理报》上刊登过；大幅的《狮子楼》也给周蕴华印象的极深。20世纪70年代的金坛，也只有他真正见到过著名刻纸艺人的大作品。芮金富的丰硕成果直接激发着周蕴华对刻纸的创作欲望。刻纸材料就是随手易得的各种纸张，工具也简单，用废弃的钢锯条制作，不光成本低廉，所需要的技巧并不高深，自己完全可以掌握，更主要是适合向群众推广，让群众也能够学习掌握，于是，周蕴华决定以刻纸来培养美术作者，将刻纸真正从彩扎、祭祀、过年喜庆等民俗礼器的附属点缀中剥离出来，让刻纸单独成为金坛美术的一个主攻类别。其他地方的刻纸作为一种艺术形态都已经存在很久了，我们为什么不这样做呢？我为什么不这样做呢？

周蕴华选择刻纸，作为培养金坛作者的一个项目，为刻纸作者们开辟一条美术借鉴新路，让散落民间的刻纸艺术重新在一个时代下，展示新的表现形式。

在早先的金坛县，原本没有专门搞剪刻纸的人，大多是逢到红白事才有上了年纪的人，发挥一下特长，剪点刻点简单的图案用一用，或者拿到集市摊点上换点柴米钱。周蕴华在采风中也鲜见剪刻纸艺人，无师可寻啊。当时的杨兆群，也仅仅是从街坊夏哑巴婆婆那里学得鞋花窗花之类的皮毛。但是"一张白纸可画最新最美的图画"这个观点当时很流行，很时尚，这是有一定道理的。周蕴华心中一无条条，二无框框，金坛，是他的舞台，他相信自己能够干出一番大事业来。这与他孤松劲节般的脱俗性格有关，与他独具慧眼有关，再说，还有一位热爱民间艺术的文化馆馆长的全力支持呢！

这个设想在当时的镇江地区来说，可谓是开创了文艺的春天。

一个觉醒的到来，尤其是一个文化觉醒的到来，那么这个觉醒的力量会很强大。一个人是如此，一个城市也是如此。"思而不学则罔，学而不思则殆"，周蕴华铭记着孔子警语。

时值"十年浩劫"结束，全国、全省的文学艺术活动进入了活跃时期，美术界亦如此。人们都期待着以各种形式述说着心底的压抑。

一项传承性、开拓性的刻纸工作在周蕴华手上如五月荷花绽开。1976年的春天，专门以刻纸为内容的培训班在文化馆开班了。

本身就是画家的周蕴华不光自己查找参考书，边学边教，现学现卖，虚心向前人学向大师学。此时，他不光得到了一本芮金富的刻纸作品集，而且特地从南京请来了我国著名剪纸艺术家张吉根。本来就是金坛人的张吉根，解放前一直靠着剪纸在上海滩维持生计，解放初定居南京，现在要回故乡传授剪刻纸，自然是欣然前往。

张吉根用通俗易懂的语言，向学员传授着剪纸的构图、寓意和技巧。比如全国刚刚解放时，张吉根创作的《鸳鸯戏荷》，外框是一对大鸳鸯，象征着夫妇忠贞和谐的爱情，四只套剪在里面的小鸳鸯则表示子孙满堂；莲藕谐音"联偶"，荷叶、荷花、莲蓬和藕又比喻家庭生活的繁荣兴旺。运用民间吉庆语言，以物谐音、象征隐喻来表达作品的主题思想，这是张吉根剪纸创作的风格，也是学员

我的血型是玉树

最容易接受的学问。

周蕴华作为辅导者、创作者、组织者，知道中国地域阔大，剪纸、刻纸在中国百姓中根深蒂固，在民间艺术中，剪刻纸是最有广泛群众基础的一个种类，无论是东北还是西北区域，无论是西南还会东南区域，几乎每个家庭都能见到剪刻纸的身影。其中，安徽剪纸、河南剪纸、扬州剪纸就直接影响着金坛。从历史上来说，金坛得天独厚地受到各种文化的交织和借鉴。

无论安徽剪纸还是扬州剪纸、河南剪纸，其作品都是通过纸张折叠剪出精美的画面，而不是用笔画出来，这样的剪纸没有固定的一成不变的纹理线条，但需要作者有足够的悟性和灵感，根据自己的审美情趣和爱好，剪出花鸟鱼虫和人物。手握一把剪刀剪出简单的图案，通过基础学习，大多人都可以做到。但线条繁杂、五彩斑斓的大画面，剪纸，就有点力不从心了。自有优势的金坛，似乎就弥补了这方面的空白。金坛有一批美术功底较好的人，面对刻纸一个重要部分——画稿就有雄厚的基础力量了。要做好一件事情，需要扬长避短。针对刻纸的特性，周蕴华将绘画功底好的朱晓坤、曹忠平、佘云祥、刘明等分工创作画稿，根据当时的形势和人员实际情况搞的作品，如向"四化"进军、歌颂农村的新人新事，歌颂历史英雄人物的故事，还有就是花草虫鱼之类。

面对发展的时代日益理性与开明，民间蕴含的无穷艺术张力渐渐为有识之士所摄取。蕴藏在金坛民间深层的集体智慧便在一张张纸上绽放了。

刻纸作品，再不是囿于门笺门神、灶王爷、祭祀祖先神仙的祭品了，某种神秘象征意义的东西，已经转化为观赏性强、收藏性好的具有美学意义的作品了。

此时，21岁的人民公社社员杨兆群的又一幅刻纸《学马列主义批修正主义干社会主义想共产主义》参加了江苏省革命委员会文化局主办的"江苏省青年美术作品展览"。看看这题目，就知道这幅作品的画面了。但是，这样的起点远不是金坛刻纸的起点，周蕴华也好，杨兆群也好，这个培训班的其他学员也好，他们都以各自张扬艺术个性，秉承着民间艺术的传统，随着自身艺术修养的成熟，将金坛刻纸演变为人民群众喜闻乐见的民间文艺样式，这也决定了金坛刻纸一个辉煌时刻的到来。

金坛民间剪纸的专业和业余作者队伍至今实力雄厚，得益于刚刚起步时周蕴华为代表的一批画家的介入，极大地促进了金坛刻纸的发展，形成了一支强大的专业和业余相结合的刻纸创作队伍。这是金坛刻纸的优势，也是其他地区所不能比拟的，刻纸的发展自是如鱼得水。

《洛神赋》《渭滨求贤图》等作品，不仅篇幅宏大，而且各式人物繁多，神采飞扬，就是绘画先入的力作。如《渭滨求贤图》中的人物就达20人，王公、贤人、宫女、大臣、男侍，还有雉羽宫羽，龙旗凤翼，云山花树，纷纭错落。这就需要画家先绘稿，在技法上亦有可贵的发展，这类作品更注重具象的严谨性，一只孔雀的尾翎刻1.2万次，一条舞裙刻刀达1.6万次。最精细的线条肉眼都看不清，需要借助放大镜来观赏，显然这是微雕技艺的融入。朱晓坤设计的一幅长达8米的《百福骈臻图》，画面需要刻出108个亦丑亦美的钟馗。实际钟馗107个，但朱晓坤独具匠心，设计一钟馗藏于正在展开的画轴中，此种精巧构思，益发丰富或突出了钟馗的可爱可亲的喜剧美质，而108个钟馗之图面组合，岂能是反掌之易？这些大幅的作品给人一种视觉的震撼，体现着美学中的大美大势，让人们面对这些作品时，久久不愿离开。

我在走访杨兆群、殷卓宁、孙荣才、李祥、佘云祥等艺术家时，他们回忆这段培训班的岁月，都夸赞当时周蕴华老师有敏锐的眼光，能"准确地捕捉到刻纸的生命力和前途，果断决定重点培养人才发展金坛刻纸"，"我们设计不周全的图案到了周老师那里，总有出彩的地方，我们当时都称他为点子公司。"

而周蕴华回忆起当时，显得有些激动，他说："喝水不忘掘井人，我觉得金坛刻纸除我个人和业余作者的共同努力之外，还有两人不能不提，一个是原文化馆长后又当文化局长的陈杰同志。当时，在他的全力支持下，放手让我全面负责抓创作和学习。他是一个开明的领导，抓刻纸项目，放人员去搏，在经济上给予有力支持，又能积极做好后勤服务工作，既能充分调动专业人员的积极性，又不忘调动业余刻纸作者的主观能动性，所以他功不可没。第二位是后任的文化馆馆长李强，在我1988年调到常州以后，为了振兴金坛刻纸，他调动人员，巩固力量，进行新的探索，尽了很大努力，他虽然不是刻纸能手，但他胸怀宽广，用人不忌才。就在他任职期间，邀请我把我的刻纸新作两次前来金坛展览进行交流，与金坛的同行们共同研讨刻纸的发展，为金坛刻纸事业的发展与创新而努力工作。"周蕴华回忆说，刻纸开班之初也是有阻力的，当时，有人认为刻纸是婆婆妈妈的事，剪剪贴贴画画刻刻，花花草草，登不了大雅之堂，不算艺术作品，还嘲笑我不是科班出身，画不了油画，国画上不了台面。然而我却不以为然，我认为艺术品的好坏、高低，不是以门类来区分的。其实，那时的周蕴华已经在中国画取得了不小的成果。为了刻纸，他暂时放弃了国画创作。周蕴华说，当时也有人为我惋惜，但我无怨无悔，搞中国画是一个人的创作，搞刻纸是一种责任，我不能放弃。现在，时过境迁了，金坛刻纸为求发展和创新而在继续努力，我到常州工作以后总忘不了这一段美好的经历和记忆。而且，这个经历和记忆又变成了我搞家庭刻纸的动力。我一如既往，在常州组织全家都投入到这个事业中，一搞又是十多年！我们的家庭刻纸活动显得很有生机和活力，展览不断，从国内到国外，交流艺术，传播友情，从中品尝到了人生很多乐趣！

显然，周蕴华是金坛刻纸的重要传承人之一，他不仅把自己的一生献给了刻纸艺术，而且全家都与刻纸结下了不解之缘，妻子、女儿、儿子、儿媳共同创作，数次在国内外举办周氏合家刻纸展。除此之外，他还以刻纸作基础，在美术和书法艺术领域内取得很高的造诣，多幅美术、书法作品被中国美术馆、中国军事博物馆收藏；殷卓宁和孙荣才，前者用剪、刻、撕的方法和套色、点、填、染的手法开拓了绘彩刻纸；后者博采众长，利用早年在陕西从军的经历，借鉴西北剪纸的风格特点并融合金坛地域浓郁的生活气息，构图简约，独具一格。两人先后都被联合国教科文组织授予民间工艺美术家称号；其他如曹忠平、杨兆群、佘云祥、王锦堂、刘

我的血型是玉树

明等，一大批金坛刻纸的早期创立者，或改行，或外迁，离开了以刻纸为业的生活，但对金坛刻纸深情依然，金坛刻纸的每一点成就也无不凝聚着他们的心血和才华。

金坛刻纸，走过了40年的岁月，在一群执着向上、聪慧好学的艺术家的努力下，使金坛刻纸在全国剪纸界占有一席之地，并继续以它卓尔不群的风格、蕴含厚实的人文情怀为世人所关注，也体现了刻纸艺术家们的风骨，显示着一座城市的精神价值、显示着一方民众对世俗精神的不懈追求。

刻刀真正的绽放是在1978年11月，"金坛刻纸艺术展"共104件作品在江苏省美术馆首次展出，这是一次对金坛刻纸的美学检阅，其结果自然是博得美术界的广泛赞誉——源于传统又不囿于传统。《一条春牛》，以夸张的变形牛出现，作者竟然以不成比例的画面，强调表现牛旋毛；构图繁茂气势宏大的《春江花月夜》中，那件2万多刀镂刻而成的披风，就让观众赞叹具有活生生的丝绸质感和飘逸感；四条屏的《百娃迎新春》中，100个惹人喜爱的娃娃神态各异，将中国传统的迎新年的习俗都纳其中，一派喜气和睦，诠释着今天中国梦的主题；新纸张材料加上新技法，《菊花双碟》《白孔雀》《水仙》，人们难以置信色泽光洁淡雅的吹塑纸被艺术家镂空刻制后，居然产生特殊的效果；因为是画家介入，金坛刻纸刚刚展示便显露出它的高水准，以至工美大师们都评介："金坛刻纸有别于其他地区，有剪刻纸艺术的鲜明特点，无论是传统题材作品还是透露现代意识的作品，都带着其他地区剪刻纸艺术家所没有的金坛刻纸符号。"

金坛刻纸的历史当记录他们：周蕴华、朱晓坤、杨兆群、殷卓宁、孙荣才、石东礼、曹忠平、佘云祥、刘明、王锦堂、杜耀华、贡华新、黄盛、张勤、江可群、郭志荣、孙庆保、黄国胜、刘建平、汤台英、骆秀芳、吉金伢等。

1979年，江苏省美术家协会选送金坛刻纸作品23件至挪威、芬兰参加展览，首次在海外获得好评。

1980年6月，"金坛刻纸展"在中国美术馆开幕。展出作品130件（220多幅），展期破天荒的达到18天，展品以丰富的题材内容、多样的刻纸技巧、宏大的构图气势、浓郁的江南生活气息赢得了首都观众惊叹，在中国美术界引起热烈反响。著名工艺美术家陈叔亮先生观展后，题词道：出自勤劳双手，来于刻纸故乡；雨后野花怒放，风前泥土飘香。

1981年，日本东京举办"中国现代优秀刻纸展览"，金坛刻纸作品20余件入选参展，再次获得好评。

1993年，文化部授予金坛为"中国民间艺术（刻纸）之乡"。

1995年，朱晓坤、殷卓宁、孙荣才三人被联合国教科文组织授予中国民间工艺美术家称号。

1997年4月，金坛刻纸分别选送60余件和40余件作品参加美国洛杉矶"中国民间艺术一绝大展"及休斯顿"美国第二十六届国际艺术节"展览。

2008年，杨兆群、殷卓宁、孙荣才被授予"江苏省非物质文化遗产金坛刻纸传承人"；由杨兆群、孙荣才等分别创作的大型刻纸"姊妹"巨作《中华魂·奥运梦》和《从雅典到北京》历时四年分别完成，被北京奥组委和国家博物馆作为永久性收藏。

2009年，杨兆群又被授予"国家非物质文化遗产金坛刻纸传承人"。与此同时，杨兆群计划以最快的速度走访全国100位民间老艺人，将老艺人高超绝妙的剪纸艺术用录像和摄影尽可能地记录下来，并较为完整地收集他们的代表作，为建剪刻纸博物馆作准备。

2009年9月28日至10月2日，在阿拉伯联合酋长国首都阿布扎比举行的联合国教科文组织保护非物质文化遗产政府间委员会第四次会议上，金坛刻纸被正式列为世界级非物质文化遗产。

2011年，李祥、钱韵如被授予"常州市非物质文化遗产金坛刻纸传承人"。

金坛刻纸作品频频参加国内外重大展览并获奖，仅国家博物馆就收藏100多幅，中国美术馆收藏20余幅。金坛刻纸，为中国民间艺术赢得了崇高的声誉。

近几年，周蕴华周冰父子、杨兆群、李祥、殷卓宁、孙荣才等刻纸艺术家，更是带着自己的刻纸作品远赴澳洲、荷兰、美国、日本等地展览，向国外观众介绍金坛刻纸，并与国外同行交流切磋剪刻纸技艺。

金坛刻纸的兴起与秉承，是有发展方向和艺术价值的，民间传统艺术的稳固性，又使得本身拥有适应大时代的多变性。40多年来的金坛刻纸，由稀少到庞大的数量、由点缀到独自的作品叙述、由散落乡间的手工艺到非物质文化遗产保护，可叙其业绩，可成其装饰，可谓其传奇，可列其励志。更可贵的是，金坛的少年宫、白塔小学等已经重点围绕刻纸，将其作为非遗项目的教育培训基地，一批初露才华的少年儿童手执刻刀在刻凿金坛的未来。

面对当今剪刻纸艺术发展的多元化、纵深性、时代感,稍稍遗憾的是金坛刻纸天生没有本身艺术主体的题材和完整的表达方式,仅仅依托古老的传说和民间故事文本进行创作;刻纸作品的特质和作品文本语汇还不明显;体现当今与时代、与人民戚戚相关的情感、心声以及思想的作品还不多见。金坛刻纸,要成为独立的具有特征的地域艺术范畴,还有一段距离。

如今金坛刻纸的艺术家们,手握一把刻刀,可以信手拈来一幅浑然自然、形象生动的作品,充分显现了他们的创作才能。现在的金坛刻纸,不再是单一的观赏性范畴,不光从传统的农事节日、祭祀品里脱颖而出成为刻纸艺术品,现在又朝着艺术生活化的方向发展,杨兆群、周冰等艺术家已经将刻纸形式与生活相融合,意想不到的唯美图案可以借助灯光、穿戴、用品,天天衬映着我们的日常生活。

相信,艺术家们的刻刀下,势必会有无数缤纷纸花在金坛绽放。